KB195977

크리스마스 캐롤

A CHRISTMAS CAROL - Charles Dickens 원작

Daniel Choi 번역

찰스 디킨스의
기념비적인
소설

찜커뮤니케이션

God bless Us,
Every One!

신의 축복이
모두에게 있기를!

'말리의 유령'과 ⟶ 교만

'과거의 유령'과 ⟶ 강력한 혼란

'현재의 유령'과 ⟶ 두려움 + 공손

이제, '미래의 유령'과 ⟶ 두 마음의 뜨거운 눈물

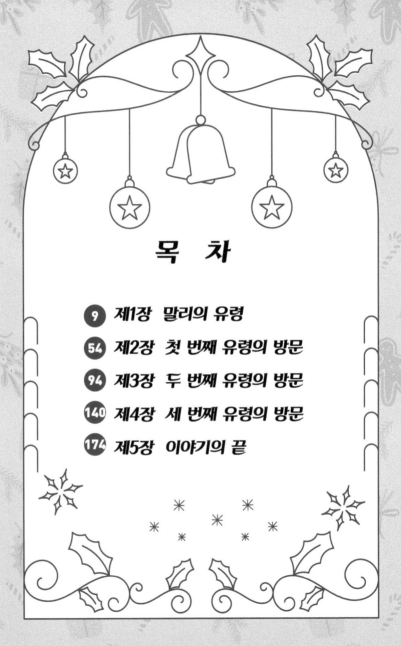

목 차

크리스마스 캐롤

제1장
말리의 유령

*

　말리는 죽었다. 처음부터 그 점은 분명히 해 두어야 한다. 그의 장례를 기록한 서류에는 신부, 서기, 장의사, 그리고 주요 조문객이 모두 서명했다. 스크루지도 서명했다. 그리고 스크루지의 이름은 그가 손을 댄 모든 거래에서 신뢰받는 이름이었다. 말리, 그 늙은이는 문에 박는 대못처럼 죽었다.

물론, 스크루지가 문에 박는 대못을 특별히 죽음에 관련된 것처럼 말하는 이유를 아는 건 아니다. 사실 그는 관에 박는 못이야말로 더 죽음에 맞는 물건이라고 생각했을 것이다. 하지만 우리 조상들의 지혜가 이런 비유를 만들어 냈고, 그걸 의심하거나 함부로 건드리는 건 옳지 않을 것이다. 그러니 다시 한번 강조하겠다.

"말리는 문에 박는 대못처럼 죽었다."

스크루지는 말리가 죽은 걸 알고 있었을까? 당연히 알고 있었다. 어떻게 모를 수 있겠는가? 스크루지와 말리는 몇 년이나 함께 사업을 해왔는지 알 수 없을 정도로 오랜 동업자였다. 스크루지는 말리의 유일한 유언 집행자였고, 유일한 관리자였으며, 유일한 상속자였다.

그는 말리의 유일한 친구이자, 유일한 조문객이었다. 하지만 스크루지는 그 비극적인 사건으로 인해 크게 마음이 상하지 않았다. 그는 그날 장례식에서도 훌륭한 비즈니스맨으로서 자기 일을 처리했으며, 결
국엔 또 하나의 훌륭한 거래를 성
사했다. 말리의 장례식 이야기를
하다 보니 처음 이야기로 다시 돌
아오게 된다. 말리가 죽었다는 사
실에는 의심의 여지가 없다.

이 점은 분명히 이해되어야만 한다. 그렇지 않으면 이제
부터 하려는 이야기에 기적 같은 일은 일어날 수 없다.

만약 우리가 햄릿의 아버지가 연극이 시작되기 전에 죽
었다는 사실을 확신하지 못했다면, 그가 밤에 성벽 위의 동
쪽 바람을 맞으며 거닐고 있다 한들, 다른 중년 신사가 어
두운 밤에 세인트 폴 교회 묘지 같은 바람 부는 장소를 걸어
다니며 아들의 약한 정신을 놀라게 하는 것과 다를 게 없을
것이다.

스크루지는 오래된 말리의 이름을 한 번도 간판에서 지
우지 않았다. 세월이 흐른 뒤에도 창고 문 위에는 여전히 이
렇게 쓰여 있었다.

'스크루지와 말리'

이 회사는 '스크루지와 말리'로 잘 알려져 있었다. 새로운 손님들은 가끔 스크루지를 스크루지라 부르기도 하고, 말리라 부르기도 했다. 하지만 스크루지는 그 모든 호칭에 아무렇지도 않게 대답했다. 그에겐 이거나 저거나 다 같은 일이었다.

오! 그러나 스크루지는 정말로 인색한 사람이었다. 스크루지는 짜내고, 비틀고, 움켜쥐고, 긁어모으고, 집착하고, 욕심 많은 노인 죄인이었다! 아무리 두드려도 따뜻한 불꽃 하나 내뿜지 않는 차가운 부싯돌처럼 딱딱하고 날카로웠다. 그는 폐쇄적이고, 혼자만의 세계에 갇혀, 마치 굴처럼 고독했다.

그의 차가운 내면은 그의 외모까지 얼어붙게 했다. 뾰족한 코를 얼어붙게 했고, 뺨을 오그라들게 했으며, 걸음걸이를 뻣뻣하게 만들었다. 그의 눈은 붉게 충혈되고, 얇은 입술

은 푸르게 변했으며, 듣기 거슬리는 목소리로 냉소를 내뱉었다. 그의 머리와 눈썹, 그리고 뻣뻣한 턱에는 마치 서리가 내려앉은 듯했다. 그는 항상 자신만의 차가운 온도를 가지고 다녔다. 한여름에도 그의 사무실은 얼음처럼 차가웠고, 크리스마스가 되어도 그 온도는 절대 녹지 않았다.

스크루지는 외부의 더위와 추위에 거의 영향을 받지 않았다. 어떤 따뜻함도 그를 데우지 못했고, 어떤 겨울 날씨도 그를 차갑게 만들지 못했다. 불어오는 바람 중 어떤 것도 스크루지보다 더 매서운 바람은 없었고, 내리는 눈 중 어떤 것도 그보다 더 목적에 집착하지 않았으며, 쏟아지는 비 중 어떤 것도 그보다 더 간청에 무심하지 않았다.

악천후조차도 스크루지를 어찌할 바를 몰랐다. 쏟아지는 폭우, 내리는 눈, 우박, 진눈깨비 같은 것들은 오직 한 가지

면에서만 스크루지를 이길 수 있었다. 그것들은 종종 '후하게 내려 줬다.'라는 자랑을 할 수 있었지만, 스크루지는 그런 법이 없었다.

아무도 길에서 스크루지를 멈춰 세우며 환한 얼굴로 "오, 스크루지 씨! 어떻게 지내 십니까? 언제 한 번 우리 집에 오시겠어요?"라고 말하지 않았다. 구걸하는 이들도 그에게 잔돈을 요구하지 않았고, 아이들도 그에게 시간을 물어보지 않았다. 어떤 남자나 여자도 스크루지에게 "이런저런 곳이 어디인지 아십니까?"라고 묻지 않았다.

심지어 시각장애인의 개들조차 스크루지를 알아보고 그가 다가오면 주인의 목줄을 당겨 문간이나 골목으로 들어가 버렸다. 그러고는 마치 "차라리 눈이 하나도 없는 게 악한 눈을 보는 것보다 낫지, 어두운 주인님!"이라고 말하듯 꼬리를 흔들고는 했다.

하지만 스크루지가 신경이나 썼겠는가! 그건 오히려 그가 좋아하는 것이었다. 인생의 붐비는 길 속에서, 모든 인간적인 온정을 멀리 밀어내며 나아가는 것이 스크루지가 '미치도록 재미있다.'라고 여기는 일이었다.

한때 그것도 1년 중 가장 좋은 날이라 할 수 있는 크리스마스이브에 늙은 스크루지는 그의 계산소에서 바쁘게 일을 하고 있었다. 날씨는 춥고 황량하며, 살을 에는 듯했으며 안개까지 자욱했다. 그는 바깥의 뜰에서 사람들이 위아래로 오가며 가슴을 두드리고 발을 돌바닥에 구르며 몸을 녹이려는 소리를 들을 수 있었다.

시계는 이제 막 오후 세 시를 가리

켰지만, 이미 깜깜했다. 사실 하루 종일 밝아진 적도 없었다. 이웃 사무실 창문에는 촛불이 타오르며 갈색의 뿌연 공기를 붉게 얼룩지게 했다. 안개는 모든 틈과 열쇠 구멍으로 스며들었고, 바깥의 공기는 너무도 짙어서 비록 뜰이 매우 좁았음에도 마주 보이는 집들은 마치 유령 같았다.

그 탁하고 무거운 구름이 내려앉아 모든 것을 가리는 걸보면, 마치 자연이 근처 어딘가에 살며 대규모로 양조하고 있는 듯한 느낌을 받을 정도였다.

스크루지의 계산소 문은 활짝 열려 있었다. 문을 활짝 열어 놓은 이유는 안쪽 음침한 작은 방, 마치 탱크처럼 답답한 공간에서 편지를 필사하던 사무원의 행동을 주시하기 위해서였다. 스크루지의 난로는 작디작았지만, 사무원의 난로는 그보다도 작아 마치 석탄 한 덩이처럼 보일 정도였다.

하지만 사무원은 불을 더 땔 수 없었다. 석탄 상자는 스크루지의 방에 있었고, 사무원이 삽을 들고 들어오는 날이면 곧바로 해고될 운명이라고 예견했기 때문이었다. 사무원은 결국 하얀 목도리를 둘러매고 촛불에 손을 대며 몸을 녹이려 했지만, 상상력이 풍부하지 않았던 그는 그마저도 실패하고 말았다.

*

"즐거운 크리스마스예요, 삼촌! 신이 당신을 구원하시길!"

환한 목소리가 들려왔다. 스크루지의 조카였다. "흥! 허튼소리!" 스크루지가 말했다. 스크루지의 조카는 안개와 서리 속을 빠르게 걸어 다니다가 몸이 달아올라 있었다. 그의 얼굴은 혈색이 좋고 잘생겼으며, 눈은 반짝였고, 그의 숨결은 하얗게 증기를 만들어 내고 있었다.

"크리스마스가 허튼소리라뇨, 삼촌!" 조카가 말했다. "진짜 그렇게 생각하시는 건 아니죠. 삼촌?"

"진심이다." 스크루지가 대답했다. "즐거운 크리스마스라니! 네가 즐거울 권리라도 있느냐? 네가 즐거울 이유가 있느냐? 네 형편이 그렇게 어려운데."

"그럼 이렇게 생각해 보세요." 조카는 쾌활하게 말했다.

"삼촌은 우울할 권리가 있나요? 뚱한 이유라도 있나요? 삼촌은 돈도 많으시잖아요."

스크루지는 즉각적으로 대답할 말을 찾지 못해 또다시 흥! 하고 내뱉더니, 이어서 "허튼소리!"라고 덧붙였다.

"화내지 마세요. 삼촌!" 조카가 말했다.

"내가 화를 내지 않고 뭐 하겠냐?" 스크루지가 되받아쳤다. "세상에 이렇게 바보 천지 같은 사람들이 가득한데 말이다! 즐거운 크리스마스라니! 즐거운 크리스마스는 무슨! 너한테 크리스마스가 뭐냐? 돈도 없이 청구서나 갚아야 하는 시기, 한 살 더 먹어도 한 푼 더 부자가 되지 않는 때, 1년 동안의 장부를 정산하며 모든 항목이 너에게 불리하게 돌아오는 시간 아니냐? 내가 마음대로 할 수 있다면."

스크루지는 분개하며 말했다. '즐거운 크리스마스' 따위 떠들고 다니는 바보들을 그들의 푸딩과 함께 삶아버리고, 심장을 관통한 호랑가시나무와 함께 묻어버릴 거다! 진짜 그럴 거다!

"삼촌!" 조카는 간청하듯 말했다.

"조카야!" 스크루지는 단호하게 대답했다. "너는 너 방식대로 크리스마스를 즐겨라. 그리고 나는 내 방식대로 크리스마스를 보낼 거다."

"네 그렇게 하세요!" 스크루지의 조카가 되물었다. "삼촌은 크리스마스를 즐기지도 않으시잖아요."

"그럼 내 버려둬라!" 스크루지가 말했다. "너한테 무슨 좋은 일이라도 있었냐? 아니면 앞으로라도 무슨 도움이 될 거 같으냐?"

"세상에는 제가 얻을 수 있었던 이익들로부터 제가 아무것도 얻지 못한 일이 많았어요, 삼촌. 그리고 크리스마스도 그중 하나라고 할 수 있겠죠" 조카가 답했다. "하지만 크리스마스가 돌아올 때마다, 그 신성한 이름과 기원에 대한 경외감을 제외하고도, 저는 항상 크리스마스를 좋게 생각해 왔어요. 크리스마스는 친절하고, 용서와 자비로 가득하며, 즐거운 시간입니다. 1년 내내 사람들 마음이 이렇게 열리는 때는 크리스마스밖에 없어요. 크리스마스에는 남녀노소 할 것 없이 굳게 닫혀 있던 마음을 열고, 자신들보다 어려운 처지인 사람들을 동등한 인간, 같은 길을 가는 동반자로 바라보는 유일한 시기죠. 그래서 삼촌, 크리스마스가 제 주머니에 금화나 은화를 채워준 적은 한 번도 없지만, 분명 저에게 좋은 영향을 주었고 앞으로도 줄 거라고 믿어요. 그렇기에 저는 이렇게 말할 수 있고요. 신이 이 시간을 축복하시기를!"

그 말을 듣고 방 한쪽 구석에서 일하던 사무원이 무심코 손뼉을 쳤다. 그러나 곧 자기 행동이 부적절했음을 깨닫고는 서둘러 난로를 쑤셨다. 그러자 난로의 마지막 약한 불꽃마저 완전히 꺼지고 말았다.

"내가 다시 너에게 어떤 소리라도 듣게 된다면." 스크루지가 말했다. "너는 네 크리스마스를 직장 잃은 상태로 보내게 될 거다! 정말 대단한 연설가로군, 자네." 스크루지는 조카를 돌아보며 덧붙였다. "어쩌면 국회에라도 나가야 하지 않겠나."

"화내지 마세요, 삼촌. 제발! 내일 우리 집에서 저녁 함께 드시죠."

스크루지는 고개를 저으며 말했다. 그는 단순히 거절만한 것이 아니었다. 말의 끝을 길게 늘이며, 오히려 조카를 보러 가는 것보다 극단적인 상황을 먼저 맞겠다고 했다.

"왜요?" 스크루지의 조카가 외쳤다. 다시 물었다. "왜요?"

"왜 결혼했지?" 스크루지가 물었다.

"사랑에 빠졌으니까요."

"사랑에 빠졌다고?" 스크루지가 으르렁대며 말했다. 그 말투는 마치 세상에 크리스마스를 좋아하는 것보다 더 어리석은 일은 사랑에 빠지는 것밖에 없다는 듯했다.

"좋은 하루 보내게!"

"아니, 삼촌, 하지만 결혼 전에는 저를 만나러 온 적도 없잖아요. 그런데 왜 그걸 핑계로 지금은 오지 않으시겠다는 거예요?"

"좋은 하루 보내게." 스크루지가 말했다.

"저는 삼촌께 아무것도 바라지 않아요. 요구하는 것도 없어요. 그런데 왜 우리는 친구가 될 수 없는 거죠?"

"좋은 하루 보내게." 스크루지가 또다시 말했다.

"정말 유감이에요, 삼촌. 이렇게 단호하신 모습을 보게 되어 마음이 아픕니다. 저희는 다투어 본 적도 없잖아요. 이번에 제가 시도해 본 건 단지 크리스마스에 대한 경의를 표하기 위해서였어요. 하지만 전 제 크리스마스 기분을 끝까지 유지할 겁니다. 그러니, 메리 크리스마스, 삼촌!"

"좋은 하루 보내게!" 스크루지가 말했다.

"그리고 해피 뉴 이어도요!"

"좋은 하루 보내게!" 스크루지가 마지막으로 말했다.

조카는 화 한 번 내지 않고 방을 떠났다. 그는 나가기 전에 문가 편에 서서 사무원에게 크리스마스 인사를 전했다. 추위에 떨고 있던 사무원이었지만 스크루지보다 훨씬 따뜻한 사람이었다. 사무원은 조카의 인사를 진심으로 받아주었다.

'다른 자식이 있지.' 스크루지가 중얼거렸다. 사무원은 말을 듣고 있었다. '내 사무원은 주급 15실링에 아내와 자식들이 있는 주제에, 크리스마스가 즐겁다고 말이나 해대는데, 나는 은퇴하고 정신병원에나 가야겠어.'

*

이 미친놈은 스크루지의 조카를 내보낸 대신 두 명의 다

른 사람을 들여보냈다. 그들은 살찐 신사들이었고, 보기에
도 기분 좋은 사람들이었으며, 이제 스크루지의 사무실에
모자를 벗고 서 있었다. 그들은 손에 책과 서류를 들고 스크
루지에게 인사했다.

"스크루지와 말리의 사무소죠?" 그중 한 명이 목록을 확
인하며 말했다. "스크루지 씨나 말리 씨에게 말씀드려도 될
까요?"

"말리는 벌써 죽은 지 7년이 되었소." 스크루지가 대답했
다. '바로 오늘 밤, 7년 전이었지.'

"아마도 살아남은 파트너님이 관대하게 잘 대표하시리라
믿습니다." 신사는 신분증을 내밀며 말했다. 실제로 그랬다.
그들은 두 명의 같은 생각을 가진 영혼이었으니까. 관대함
이라는 불길한 말에 스크루지는 얼굴을 찌푸리며 고개를 저
었고, 신분증을 되돌려주었다.

"이 축제의 계절에, 스크루지 씨." 신사는 펜을 들며 말했
다.

"특히 가난하고 궁핍한 사람들을 위해 조금이라도 도움

을 주는 것이 더할 나위 없이 바람직합니다. 수천 명이 생필품이 부족하고 수백만 명이 평범한 편안함을 필요로 하고 있죠.”

“감옥은 없습니까?” 스크루지가 물었다.

“감옥은 많지요.” 그 신사는 펜을 내려놓으며 말했다.

“그리고 그 유니온 노동 집약소는요?” 스크루지가 물었다. “아직 운영되고 있습니까?”

“운영되고 있습니다. 여전히요.” 신사는 대답했다. “그렇지 않다고 말할 수 있으면 좋겠군요.”

“그럼, 회전식 밀레와 가난한 이들을 위한 법은 여전히 활발히 시행되고 있다는 말씀이군요?” 스크루지가 말했다.

“두 가지 모두 매우 활발합니다, 선생님.”

“아! 처음에 하신 말씀을 듣고 뭔가 그들의 유용한 역할을 방해할 일이 생겼나 했습니다만, 그렇게 되어 있지 않다니 정말 기쁩니다.” 스크루지는 말했다.

“그들이 대중에게 기독교적인 마음이나 몸의 기쁨을 제대로 제공하지 못한다는 생각에서, 저희 몇몇은 가난한 이들에게 고기와 음료, 따뜻함을 제공하기 위한 기금을 모으려 애쓰고 있습니다. 저희가 이 시기를 선택한 이유는 바로 이 시기가 가난이 절실히 느껴지고 풍요가 기뻐하는 때이기 때문이죠. 무엇을 기부하실 건가요?"

"아무것도!" 스크루지가 대답했다.

"그렇다면 익명으로 기부하시겠습니까?"

"저는 혼자 있고 싶습니다." 스크루지가 말했다. "당신들이 이토록 제 소원을 물어보시니 답을 드리죠. 저는 크리스마스에 기쁨을 나누지 않으며, 게으른 사람들에게 기쁨을 주는 것도 감당할 수 없습니다. 제가 말씀드린 기관들을 지원하고 있는데 그 비용만 해도 아주 많아요. 그리고 처지가 어려운 사람들은 거기 가야 합니다."

"많은 사람들이 그곳에 갈 수 없습니다. 그리고 많은 사람들이 차라리 죽기를 원하죠. 그들이 죽기를 원한다면…"

스크루지가 말했다. "그렇게 하게 두세요. 그러면 잉여 인구가 줄어들겠죠. 게다가 실례지만 저는 그런 일이 있다는 것을 알지 못합니다."

"하지만 알 수도 있겠죠." 신사는 조용히 덧붙였다.

"그건 내 일이 아니오." 스크루지가 대답했다. "한 사람이 자기 일만 잘 이해하고 남의 일에 간섭하지 않는 게 충분하오. 내 일은 항상 나를 바쁘게 만들지. 좋은 오후 되시길, 신사분들!"

그들의 주장을 더 이상 밀고 나가봐야 소용없다는 것을 깨달은 신사들은 물러났다. 스크루지는 자리에 돌아와 자신에 대한 평가가 한층 개선된 기분으로, 평소보다 좀 더 유머러스한 상태에서 일을 재개했다.

그사이 짙은 안개와 어둠이 깊어져, 사람들은 타오르는 횃불을 들고 마차의 말 앞에서 길을 안내하며 서비스를 제공했다. 스크루지를 항상 못마땅하게 바라보던 교회의 낡은 탑은 보이지 않게 되었고, 그 종은 구름 속에서 시간을 알리며 떨리는 진동을 일으켰다. 마치 그 위에서 얼어붙은 머리가 덜덜 떨고 있는 듯했다.

추위는 더욱 맹렬해졌다. 시내의 주요 거리, 골목 구석에서 몇몇 노동자들이 가스 파이프를 수리하며 큰 화로에 불을 지폈고, 그 주위에 누더기를 입은 남자들과 아이들이 모여들어 불꽃을 쬐며 손을 녹이고 눈을 가늘게 뜨고 있었다.

물탱크는 홀로 남겨져, 그 넘쳐흐른 물이 음침하게 얼어붙어 사람을 미워하는 듯한 얼음으로 변했다. 크리스마스 장식으로 겨우내 불빛에 반짝이는 상점들은 지나가는 사람들의 얼굴을 붉게 물들였고, 가금류 상점과 식료품점은 멋진 광경을 이루었으며, 그런 장면을 보면 거래나 할인과 같은 지루한 원칙은 전혀 상관없는 것처럼 보였다.

강력한 마천루인 대시장에서 시장님은 자신이 지휘하는 50명의 요리사와 집사에게 크리스마스를 대시장 가문답게 보내도록 명령했고, 지난 월요일 술에 취해 거리에서 난폭하게 행동한 작은 재봉사는 내일 만들 푸딩을 자신의 다락방에서 저었고 마른 아내와 아기는 고기를 사러 나섰다.

안개는 더 짙어지고 추위는 더 강해졌다. 뚫고 들어오는, 파고드는, 물어뜯는 추위였다. 성 던스탄이 그 악령의 코를 이런 날씨에 물어보았다면, 그는 정말로 힘차게 울부짖었을 것이다.

하나의 가냘픈 코는 추위에 물어뜯기고 부서져, 개가 뼈를 갉아 먹듯이 비명을 지르며 스크루지의 열쇠 구멍에 다가가 크리스마스 캐롤을 부르려 했으나 첫소리인, "신이 당신에게 복을 주시고, 즐거운 신사여! 어떤 일로도 낙담하지 마세요!"를 듣자마자 스크루지는 자루를 움켜잡고 기세 좋게 그것을 내리쳤다.

그러자 노래하는 사람은 두려움에 휩싸여 도망쳤고 열쇠 구멍은 안개와 더 친숙한 서리 속으로 남겨졌다.

마침내 계산서 마감 시간이 다가왔다. 스크루지는 마지못해 의자에서 내려와 탱크에 앉아 기다리고 있던 사무원에게 그것을 조용히 알렸다. 사무원은 즉시 촛불을 끄고 모자를 썼다.

"내일 하루를 다 쓰겠지?" 스크루지가 말했다.

"만약 괜찮으시다면, 사장님."

"괜찮지 않소." 스크루지가 대답했다. "그리고 공평하지도 않소. 내가 만약 이틀을 공제한다면 당신은 자신이 불이익을 당했다고 생각하겠지?"

사무원은 희미하게 미소 지었다.

"그렇지만!" 스크루지가 말했다. "아무 일도 하지 않는데 하루의 임금을 주는 게 나쁘지 않다고 생각하시오?"

사무원은 그것이 일 년에 한 번뿐이라고 말했다.

"매년 12월 25일에 사람 주머니를 털기 위한 형편없는 변명이라고!" 스크루지가 말하며 큰 외투의 단추를 목까지 채웠다. "하지만 아마도 당신은 하루 종일 쉬어야겠지. 그러니까 내일 아침은 더 일찍 출근하시오."

사무원은 그렇게 하겠다고 약속했다. 스크루지는 불평하며 사무실을 나섰다. 사무실 문은 순식간에 닫혔고, 사무원은 하얀 스카프의 긴 끝이 허리 아래로 늘어지게 하고 (그는 큰 외투를 자랑하지 않았다) 코른힐의 미끄럼틀을 내려갔다.

아이들 무리가 사무원을 따라 했는데, 크리스마스이브를 기념하여 20번을 미끄러졌다. 그리고 나서는 캠든 타운으로 달려가 눈을 가린 채 던지며 숨바꼭질을 즐기기 위해 집으로 갔다.

*

스크루지는 평소처럼 우울한 저녁을 그의 평소 술집에서 먹었다. 신문을 모두 읽고 나머지 시간을 은행 장부로 달래며 저녁을 보낸 후, 집으로 돌아가 잠자리에 들었다. 그는 고인이 된 파트너가 한때 살던 방에서 지냈다.

그 방은 음침한 객실들이었고, 어두운 건물 안에서 마치 그곳에 있을 자리가 없었던 듯, 마치 젊은 집이 다른 집들과 숨바꼭질을 하며 그 길을 잃어버리고 그곳에 와서 다시는 빠져나가지 못한 듯한 곳이었다.

지금은 아주 오래되고, 또 아주 우울해서 스크루지 외에는 아무도 살지 않았고, 다른 방들은 모두 사무실로 쓰였다. 그 안뜰은 너무 어두워서 스크루지조차 그곳의 모든 돌을 알고 있었지만, 손으로 더듬어서 가야 했다. 오래된 집의 대문에 안개와 서리가 겁게 덮여 있어서 마치 날씨의 정수가 그 문턱에서 애절하게 명상하고 있는 듯했다.

이제 사실, 문에 달린 문손잡이는 특별한 점이 아무것도 없었다. 다만 그것이 매우 컸다는 사실뿐이었다. 또, 스크루지가 그 문손잡이를 그곳에 살던 내내 아침과 저녁으로 봤다는 것도 사실이었다.

스크루지는 상상력이라고 할 만한 것이 전혀 없는 사람이라 런던 시내에서 그 어떤 사람보다도, 심지어 굳이 말하자면 시의회 의원들, 그리고 시의회 상인들보다도 그런 것이 없었다. 또한, 스크루지는 그날 오후에 7년 전에 죽은 파트너 말리의 이름을 마지막으로 언급한 이후로 말리에 대해 한 번도 생각한 적이 없었다.

그렇다면, 이걸 어떻게 설명할 수 있을까? 스크루지가 문 열쇠를 문에 꽂고 있었는데, 문손잡이에서 어떤 중간 과정 없이 문손잡이가 아닌 말리의 얼굴이 보였다.

그렇다. 말리의 얼굴이었다. 그것은 안뜰의 다른 물건들처럼 불투명한 그림자 속에 있지 않았다. 그 얼굴에는 어두운 지하실 속의 나쁜 바닷가재처럼, 음울한 빛이 감돌았다. 그 얼굴은 화나거나 사나운 표정이 아니었지만, 말리가 그랬듯 스크루지를 바라보았다.

유령처럼 튀어나온 안경이 유령의 이마에 얹혀 있었다. 머리카락은 마치 숨결이나 뜨거운 공기로 어지럽혀진 듯했다. 눈은 크게 뜨고 있었지만, 전혀 움직이지 않았다. 그것과 그 얼굴의 창백한 색이 공포를 느끼게 했지만, 그 공포는 얼굴 자체의 표현이라기보다 얼굴이 통제할 수 없는 상태에서 비롯된 것 같았다.

스크루지가 그 현상을 고정적으로 바라보았을 때, 그것은 다시 문손잡이가 되었다. 스크루지가 놀라지 않았다고 말할 수는 없었다. 아니면 그가 어린 시절부터 낯설었던 끔찍한 감각을 경험하지 않았다고 할 수도 없었다. 그러나 그는 놓았던 열쇠에 손을 얹고 단단히 돌려 문을 열고 촛불을 켰다.

문을 닫기 전에 잠시 망설였고, 문을 닫기 전에 먼저 조심스럽게 뒤를 돌아보았다. 마치 말리의 땋은 머리가 문밖으로 나와 있을지도 모른다고 반쯤 예상한 것처럼. 그러나 문 뒷면에는 문손잡이를 고정한 나사와 너트만 있을 뿐 아무것도 없었다. 그는 "푸우, 푸우!" 하며 문을 쾅 닫았다.

그 소리는 집 안에서 천둥처럼 울려 퍼졌다. 위의 모든 방과 아래 와인 상인 지하실의 모든 통이 각각의 울림을 가졌던 것처럼 들렸다. 스크루지는 원래 그런 메아리에 놀라지 않는 사람이었다. 그는 문을 잠그고 복도를 가로질러 계단을 올라갔다. 그

가 올라간 속도는 느렸고, 가는 동안 촛불을 조심스럽게 다듬었다.

"좋고 오래된 계단을 따라 마차와 여섯 마리 말이 올라간다." 또는 "못난 새 법률을 통과시키는 것에 대해 막연하게 얘기할 수 있지만 나는 정말로 말할 것이다." 넓은 계단에 영구차 하나를 대고, 썬더바를 벽 쪽으로, 문은 난간 쪽으로 두고서 그걸 아무 어려움 없이 끌고 갈 수 있을 정도로 그 계단은 넓었다.

아마도 스크루지가 그 계단을 오르며 어둠 속에서 열차 영구차가 앞서가는 모습을 본 이유는 그만큼 넓고 여유가 있었기 때문일 것이다. 거리의 가스등 여섯 개가 그 입구를 밝히기에 충분하지 않았을 테니 스크루지의 촛불로는 상당히 어두웠을 것이다.

스크루지는 그런 어둠을 개의치 않고 천천히 올라갔다. 어둠은 값이 싸고, 스크루지는 그것을 좋아했다. 하지만 무거운 문을 닫기 전에 그는 자신의 방을 한 번 훑어보았다. 그는 그 얼굴에 대한 기억이 조금 있었기 때문에 그런 일을 하려 했다.

거실, 침실, 창고 방. 모두 잘 되어 있었다. 테이블 아래에도, 소파 아래에도 아무도 없었다. 벽난로에는 작은 불이 타고 있었다. 숟가락과 대야는 준비되어 있었고, 불 위에는 작은 죽 끓이는 냄비가 있었다(스크루지는 감기에 걸렸다).

침대 아래에도, 옷장 안에도, 의자에 걸린 그의 잠옷에도 아무도 없었다. 창고 방도 평소와 같았다. 오래된 화재 보호기, 낡은 신발 두 개, 물고기 바구니 두 개, 세 발로 된 세면대, 그리고 벽난로 도구.

모든 것이 만족스러웠다. 그는 문을 닫고 자신도 잠갔다. 평소처럼 두 번만 잠그지 않고 이번에는 더 철저히 잠갔다. 그렇게 놀라움을 방어할 수 있도록 자신을 보호한 후, 넥타이를 풀고, 잠옷과 슬리퍼를 신고, 수면 모자를 쓰고, 벽난로 앞에 앉아 죽을 먹었다.

그 불은 정말로 약한 불이었다. 그런 차가운 밤은 아무것도 아니었다. 그는 그 불 가까이에 앉아서 불에 고여 있는 작은 열기를 느끼기 위해 마음을 다잡고 있었다. 그 벽난로는 아주 오래된 것이었는데, 한때 네덜란드 상인이 만들었고 그 주변은 성경 이야기를 그림으로 그린 네덜란드 타일로 장식되어 있었다.

가인과 아벨, 파라오의 딸들, 시바의 여왕들, 하늘에서 구름처럼 내려오는 천사들, 아브라함, 벨사살, 바다로 떠나는 사도들 등 수백 명의 인물들이 그의 생각을 자극하기 위해 그려져 있었다. 그런데도 7년 전에 죽은 말리의 얼굴은 마치 고대 예언자의 지팡이처럼 그 모든 것을 삼켜버렸다.

만약 그 타일 하나하나가 처음에는 빈 공간이었고 그 표면에 스크루지의 엉뚱한 생각들의 단편들로 어떤 그림을 그릴 수 있었다면, 타일마다 말리의 얼굴이 그려졌을 것이다.

"벌써 거짓말이라도 하는 것인가!" 스크루지는 말하면서 방을 가로질러 걸어갔다. 몇 번의 회전 끝에 다시 자리에 앉았다. 의자에 몸을 기댔는데 방 안에 걸린, 이제는 사용되지 않는 오래된 벨에 문득 그의 눈길이 닿았다. 이 벨은 한때 건물의 가장 높은 층에 있는 방과 어떤 목적을 위해 연결되어 있었지만, 지금은 그 목적이 기억나지 않았다.

그는 큰 놀라움과 알 수 없는 두려움 속에서 벨이 흔들리기 시작하는 것을 보았다. 처음에는 아주 부드럽게 흔들려 거의 소리도 나지 않았지만, 곧 크게 울리기 시작했고, 그 소리는 집안의 모든 벨이 함께 울리는 소리로 이어졌다.

그 소리가 지속된 시간은 30초나 1분 정도였을지도 모르지만, 스크루지에게는 그것이 한 시간처럼 느껴졌다. 벨 소리는 처음처럼 함께 멈췄다. 그리고 그 뒤로 아래층에서 철커덕거리는 소리가 들려왔다. 마치 어떤 사람이 무거운 쇠사슬을 와인 상인의 지하실에서 끌고 가는 소리 같았다. 그때 스크루지는 유령들이 유령이 출몰하는 집에서 쇠사슬을 끌고 다닌다는 말을 들었던 것을 떠올렸다.

지하실 문이 쾅 하고 열리며 그 소리는 훨씬 더 크게 들려왔다. 그 소리는 이제 계단을 올라오고 있었고, 그의 문으로 곧장 다가왔다.

"아직도 거짓말이라니!" 스크루지는 말했다. "나는 믿지 않아!"

그의 얼굴색이 변했다. 문을 통과하여 믿기지 않게도 유령이 들어왔다. 그 유령이 들어오는 순간, 꺼져 가던 불꽃이 갑자기 튀어 오르며 마치 "그를 알아봤어! 말리의 유령!"이라고 외치는 듯했다가 다시 떨어졌다.

그 얼굴, 바로 그 얼굴이었다. 말리! 땋은 머리를 하고, 평소의 조끼와 타이츠, 부츠를 신은 채로. 부츠 끝의 술이 땋은 머리처럼 휘날리며, 그의 코트 자락과 머리카락도 함께 휘날리고 있었다. 그의 몸에 감긴 쇠사슬은 길고, 마치 꼬리처럼 그를 둘러싸고 있었다. 스크루지는 그것을 자세히 살펴보았다.

쇠사슬은 금고, 열쇠, 자물쇠, 장부, 계약서, 그리고 강철로 만든 무거운 지갑들로 이루어져 있었다. 그의 몸은 투명했다. 스크루지는 그를 유심히 바라보았고, 그의 조끼를 통해 그의 뒤편에 있는 두 개의 단추를 볼 수 있었다.

스크루지는 말리가 내장이 없다고 들었지만, 지금까지 그것을 믿은 적은 없었다. 지금도 믿지 않았다. 스크루지는 유령을 눈앞에서 뚫어지게 바라보았고, 그 유령이 자신 앞에 서 있는 것을 보았다.

차가운 죽음의 눈길이 그에게 닿을 때, 그가 그 유령의 머리와 턱에 두른 천의 질감까지도 눈여겨보았다. 이전에는 그 천을 주의 깊게 보지 않았지만, 이제는 그 천까지도 뚜렷하게 보였다. 그러나 그는 여전히 믿을 수 없다는 생각에 사로잡혀 있었고, 자기 감각에 맞서 싸우고 있었다.

"자, 이제 뭐냐!" 스크루지는 여전히 차갑고 냉소적인 목소리로 말했다. "나에게 뭘 원하는 거지?"

"많은 것을!" 그 목소리는 분명히 말리의 목소리였다.

"너는 누구냐?"

"내가 누구였는지 물어보세요."

"그래요? 그렇다면, 당신은 누구였습니까?" 스크루지가 목소리를 높이며 물었다. "그렇게 특별할 게 없지 않나요. 유령치고는?" 그는 원래 '유령에게'라고 말하려고 했지만 '유령치고는?'이라는 말이 더 적절하다고 생각해서 바꿨다.

"살아 있을 때 나는 당신의 동료였어요. 제이콥 말리."

"그럼 앉을 수 있습니까?" 스크루지가 의심스러운 눈초리로 물었다.

"앉을 수 있다."

"그럼 앉으세요."

스크루지가 그 질문을 한 이유는, 투명한 유령이 의자에 앉을 수 있을지 모르기 때문이었다. 만약 불가능하다면 그 상황을 어색하게 설명해야 할 필요가 생길지도 모른다고 생각했다. 그러나 유령은 벽난로 반대편에 앉아 마치 그것이 매우 익숙한 일인 듯 보였다.

"당신은 나를 믿지 않겠지?" 유령이 말했다.

"믿지 않는다." 스크루지가 대답했다.

"내 존재의 실체를 증명할 수 있는 증거가 무엇이지, 감각을 제외하고?"

"잘 모르겠다." 스크루지가 답했다.

"왜 내 존재를 의심하지?"

"아주 작은 일도 감각에 영향을 주기 때문이다." 스크루지가 말했다.

*

"위가 살짝 불편하면 감각은 속임수를 씁니다. 당신은 아마도 소화되지 않은 소고기 한 조각, 겨자 한 방울, 치즈 부스러기, 덜 익은 감자의 조각일 수도 있어요. 당신은 무엇이든, 죽음보다는 그저 국물에 가까운 존재일 뿐입니다!"

스크루지는 농담을 자주 하지 않았다. 그날 역시 그의 마음속에서 그 어떤 웃음도 느껴지지 않았다. 사실, 그는 두려움을 억누르려는 수단으로 자신에게 주의를 돌리려 했고, 그래서 약간의 농담을 던진 것이다. 유령의 목소리는 그의 뼛속까지 얼어붙게 할 만큼 끔찍했기 때문이다.

그 고정된, 유리처럼 차가운 눈을 바라보며 한순간이라도 침묵을 견디는 것이 스크루지에게는 참을 수 없는 고통이 될 것이라고 느꼈다. 또한 유령이 그 자신만의 악마적인 분위기를 가지고 있다는 사실도 매우 두려웠다. 스크루지는 그것을 직접 느낄 수는 없었지만, 그것이 확실했다. 유령은 완전히 움직이지 않으면서도 머리카락과 옷자락이 술이 마치 오븐에서 나온 뜨거운 증기에 의해 휘날리듯 흔들렸다.

"이 이쑤시개 보세요?" 스크루지가 재빨리 대화를 돌리며 말했다. 유령의 차가운 시선을 잠깐이라도 자신에게서 떼어 놓기 위해서였다.

"보인다." 유령이 대답했다.

"당신은 그것을 보고 있지 않네요." 스크루지가 말했다.

"하지만 보인다." 유령이 대답했다. 그렇다고 하더라도.

"그래!" 스크루지는 대답했다. 이것을 삼켜버리면 남은 삶 동안 내 손으로 만든 고블린 군단에 의해 괴롭힘을 당할 것이다. 가짜야, 가짜!

그때, 유령은 무시무시한 외침을 내지르며 체인을 흔들었다. 그 소리는 너무나 슬프고 두려운 소리여서, 스크루지는 정신을 잃을지 두려워 의자를 단단히 붙잡고 있었다. 그러나 그의 공포는 더 커졌다. 유령이 머리 위에 감고 있던 붕대를 벗자, 마치 실내에서 쓰기엔 너무 더워서 그런 것처럼, 그 유령의 아래턱이 가슴 위로 떨어지며 스크루지의 눈앞에 드러났다!

스크루지는 무릎을 꿇고, 손을 얼굴 앞에 모았다.

"자비를 베풀어 주세요!" 그는 말했다. "끔찍한 유령님, 왜 나를 괴롭히는 겁니까?"

"세속적인 마음을 가진 자여!" 유령은 대답했다. "나를 믿는가, 아니면 믿지 않는가?"

"믿어요!" 스크루지는 말했다. "믿어야만 합니다. 하지만 왜 영혼들이 이 세상에 떠도는 것입니까? 그리고 왜 그들이 나에게 오는 것입니까?"

"모든 인간에게 요구되는바." 유령이 대답했다. "그의 영혼은 다른 이들 사이에서 걸어 다니며 멀리멀리 여행해야 한다는 것이다. 그리고 그 영혼이 살아 있는 동안 그것을 하지 않으면 죽음 후에 그렇게 해야만 한다. 그것은 세상에서 떠도는 운명을 지니고 있다. 나의 불행이여! 그리고 그 세상에서 나누지 못할 것들을 목격해야 한다. 그러나 그것이 지구에서 나누었을 수도 있었고, 그것을 행복으로 바꿀 수도 있었을 것들!"

유령은 다시 한번 외침을 내지르며 체인을 흔들고 그림

자 같은 손을 움켜쥐었다.

"너는 쇠사슬에 묶여 있구나." 스크루지가 떨며 말했다. "왜 그런가 말해줘!"

"나는 살아 있을 때 만든 쇠사슬을 차고 있다." 유령이 대답했다. "나는 그것을 하나하나, 길이길이 만들어 갔다. 내가 자발적으로 그것을 차고 있었다. 그 모양이 너에게 이상한가?"

스크루지는 점점 더 떨며 말했다.

"혹시 알고 싶으냐?" 유령이 계속했다. "네가 짊어진 그 무겁고 긴 쇠사슬의 길이와 무게가? 그것은 정확히 이만큼 무겁고 길었다. 일곱 번의 크리스마스 전처럼. 그때부터 너는 그것을 만들었다. 그것은 아주 무거운 쇠사슬이야!"

스크루지는 바닥을 둘러보며 자신의 주위에 철강 줄이 수십, 수백 가닥 쌓여 있을 것이라 기대했지만, 아무것도 보이지 않았다.

"제이콥." 그는 애원하며 말했다. "옛 제이콥 말리, 더 말해줘. 나에게 위로를 전해줘, 제이콥!"

"나는 줄 것이 없다." 유령이 대답했다. "그것은 다른 지역에서 왔다. 에벤에저 스크루지, 그리고 다른 사자들에 의해 전해지고 있다, 다른 사람들에게. 내가 하고 싶은 말은 할 수 없다. 나에게 허락된 것은 아주 조금뿐이다. 나는 쉴 수 없고, 머무를 수 없으며, 어디에도 오래 있을 수 없다. 내 영혼은 한 번도 우리의 계산소 밖으로 나가지 않았다. 내가 살아 있을 때, 내 영혼은 우리의 돈을 바꾸는 좁은 구멍을 벗어난 적이 없다. 그리고 지친 여행이 내 앞에 놓여 있다!"

스크루지는 생각에 잠길 때마다 손을 바지 주머니에 넣는 습관이 있었다. 그는 지금도 그렇게 했지만, 눈을 들지 않고 무릎을 꿇은 채로 그대로였다.

"정말 천천히 일했던 모양이군, 제이콥." 스크루지는 겸손하고 공손한 태도로, 그러나 여전히 사업적인 말투로 말했다.

"천천히!" 유령이 되풀이했다.

"죽은 지 7년이야." 스크루지가 중얼거렸다. "그리고 그 동안 계속 여행하고 있었다고?"

"내내." 유령이 대답했다. "휴식도, 평온도 없이. 끝없는 후회의 고통 속에서."

"빨리 이동하나?" 스크루지가 물었다.

"바람의 날개를 타고." 유령이 대답했다.

"그렇다면 7년 동안 꽤 많은 거리를 여행했겠군." 스크루지가 말했다.

이 말을 들은 유령은 또 한 번 괴성을 지르더니, 밤의 고요를 깨뜨리며 사슬을 끔찍하게 울렸다. 그 소리는 듣는 이를 불편하게 할 정도로 날카로웠다.

"오! 갇히고, 속박되고, 이중으로 쇠사슬에 묶인 존재여." 유령이 외쳤다. "영원히 끊임없이 일해야 하는 불멸의 존재들이 이 땅에서 선한 일을 완성하기 위해 얼마나 많은 세월을 보냈는지 모른단 말인가. 한 인간의 영혼이 비록 작은 영역에서 선하게 일한다 해도 자신의 능력을 펼치기에 인생은 너무 짧다는 걸 모른단 말인가. 한 번의 인생을 낭비하면 후회로도 이를 만회할 수 없다는 걸 모른단 말인가! 그런데 내가 바로 그랬다! 오, 내가 바로 그런 사람이었다!"

"하지만, 너는 항상 좋은 사업가였잖아, 제이콥." 스크루지는 떨리는 목소리로 말했다. 이제 이 모든 말이 자신을 향하고 있음을 깨달으면서.

"사업!" 유령은 손을 비틀며 외쳤다. "인류가 내 사업이었다! 공공의 복지가 내 사업이었고, 자선, 자비, 인내, 그리고 자애가 내 모든 사업이었다. 내 거래는 내 진정한 사업의 광대한 바닷속에서 한 방울에 불과했을 뿐이다!"

유령은 자신의 사슬을 팔 길이만큼 들어 올리며, 그 사슬이 모든 고통의 원인이라는 듯이 한숨을 쉬고, 이를 땅에 무겁게 던졌다.

"해마다 이맘때가 되면." 유령이 말했다. "나는 가장 큰 고통을 느낀다. 왜 나는 수많은 이웃을 무리 속에서 무심히 지나쳤으며, 그 축복받은 별, 동방박사들을 가난한 집으로 이끌었던 별을 바라보지 않았던가! 그 별빛이 나를 인도해야 했을 가난한 집들이 없었던가!"

유령의 비통한 탄식이 길어지자, 스크루지는 크게 당황해 떨기 시작했다.

"내 말을 들어라!" 유령이 외쳤다. "내 시간이 얼마 남지 않았다."

"그럴게." 스크루지가 말했다. "하지만 너무 가혹하게 하지 말아줘! 너무 장황하지도 말고, 제이콥! 제발!"

"어떻게 내가 네가 볼 수 있는 형태로 나타나는지는 말할 수 없다. 나는 보이지 않는 채로도 여러 날 네 곁에 앉아 있었지."

이 말은 전혀 유쾌하지 않았다. 스크루지는 몸서리치며 이마에 흐르는 땀을 닦아냈다.

"이것도 내 속죄의 일환이지." 유령은 말을 이었다. "나는 오늘 밤 너에게 경고하러 왔다. 아직 네게는 나와 같은 운명을 피할 기회와 희망이 남아 있음을 말이다. 내 덕분에 얻게 된 기회와 희망이지, 에벤에저."

"넌 언제나 나에게 좋은 친구였어." 스크루지가 말했다. "고맙다네!"

"세 명의 영혼이 너를 찾아올 것이다." 유령은 계속 말했다.

스크루지의 얼굴은 금세 축 처졌다. 유령의 얼굴이 그랬던 것처럼.

"그게 네가 말한 기회와 희망인가, 제이콥?" 그가 떨리는 목소리로 물었다.

"그렇다."

"나, 나는 그만두고 싶어." 스크루지가 말했다.

"그들의 방문 없이는." 유령은 말했다. "네가 내가 걸어 온 길을 피할 수 없을 것이다. 첫 번째는 내일, 종이 한 번 울릴 때 찾아올 것이다."

"세 명을 한꺼번에 처리해서 끝낼 수는 없나, 제이콥?" 스크루지가 힌트를 주듯 물었다.

"두 번째는 그다음 날 같은 시간에 찾아올 것이고, 세 번째는 마지막 날, 자정 종소리가 끝난 직후에 찾아올 것이다. 더는 나를 보지 못할 것이고, 우리 사이에 있었던 일은 너 자신을 위해서 잊지 말거라!"

이 말을 마친 후 유령은, 테이블 위의 천을 들어 올려 자기 머리에 둘렀다. 턱을 고정하는 붕대가 이를 맞물리며 내는 딱딱한 소리로, 스크루지는 그 행동을 알아차릴 수 있었다. 그는 조심스럽게 고개를 들어 유령을 다시 보았고, 유령은 사슬을 팔에 감고 꼿꼿이 서 있었다.

유령은 뒤로 걸어가며 창문 쪽으로 향했다. 유령이 한 걸음씩 움직일 때마다 창문이 조금씩 열리더니, 마침내 유령이 창문에 도착했을 때는 활짝 열려 있었다. 유령은 스크루지에게 다가오라고 손짓했다. 스크루지는 그렇게 했다. 두 걸음 간격이 되자, 말리의 유령은 손을 들어 더 이상 가까이 오지 말라는 신호를 보냈다. 스크루지는 멈춰 섰다.

그의 움직임이 유령의 명령에 따른 것이라기보다는 놀람과 두려움 때문이었다. 손을 들어 올리는 순간, 그는 공기 중에서 혼란스러운 소리를 감지했다. 후회와 슬픔이 가득한 신음과 가늠할 수 없는 통곡, 그리고 스스로를 비난하는 듯한 소리가 뒤섞여 있었다. 유령은 잠시 그 슬픈 노래를 듣더니, 그 곡조에 합류했다. 그리고 차갑고 어두운 밤 속으로 떠올라 사라졌다.

스크루지는 창문 쪽으로 다가갔다. 그의 호기심은 절박했다. 그는 밖을 내다보았다. 공중에는 수많은 유령이 분주히 떠다니고 있었다. 그들은 멈추지 못한 채 여기저기 방황하며 신음을 냈다. 모두가 말리의 유령처럼 사슬을 두르고 있었으며, 몇몇은 서로 연결된 상태였다(아마도 죄 많은 권력자이었으리라). 자유로운 이는 아무도 없었다.

그들 중 많은 이가 스크루지가 생전에 알던 사람들이었
다. 스크루지는 하얀 조끼를 입은 한 늙은 유령을 알아보았
다. 그 유령의 발목에는 거대한 철제 금고가 묶여 있었고,
아래쪽에 서 있는 불쌍한 여인과 그녀의 아기를 도와줄 수
없어 비참하게 울부짖고 있었다.

그들 모두의 고통은 분명했다. 그들은 인간 세상에서 선
한 영향을 끼치기 위해 개입하려 했으나, 이제는 영원히 그

힘을 잃어버렸다.

이 형체들이 안개 속으로 사라진 것인지, 아니면 안개가 그들을 감싸버린 것인지는 스크루지도 알 수 없었다. 하지만 그들과 그들의 영혼 같은 목소리는 함께 사라졌고, 밤은 그가 집으로 걸어올 때의 모습으로 되돌아갔다.

스크루지는 창문을 닫고, 유령이 들어왔던 문을 살펴보았다. 그 문은 그가 직접 두 손으로 잠갔던 대로 이중 잠금 상태였고, 빗장도 흔들리지 않은 채 그대로였다. 그는 "허튼소리!"라고 말하려 했지만, 첫음절에서 멈췄다.

그리고 겪었던 감정 때문인지, 하루의 피로 때문인지, 아니면 보이지 않는 세계를 엿본 것 때문인지, 또는 유령과 지루한 대화 때문인지, 혹은 단순히 늦은 시간 때문인지, 극도로 휴식이 필요로 한 그는 옷도 벗지 않은 채 곧장 침대로 가서 눕자마자 잠이 들었다.

제2장
첫 번째 유령의 방문

*

스크루지가 잠에서 깨어났을 때, 방 안은 너무 어두워서 침대에 누운 채로는 투명한 창문과 불투명한 벽을 구별할 수조차 없었다. 그는 족제비처럼 날카로운 눈으로 어둠을 꿰뚫어 보려 애쓰고 있을 때, 인근 교회의 종이 15분 단위로 울렸다. 그래서 그는 시간을 들으려고 귀를 기울였다.

놀랍게도 묵직한 종소리는 여섯 번에서 일곱 번으로, 다

시 여덟 번으로, 규칙적으로 열두 번까지 울렸다. 그리고 멈췄다. 열두 번! 그가 잠자리에 든 것은 새벽 두 시가 지난 후였다. 시계가 잘못되었음에 틀림없었다. 아마 시계 속으로 고드름이 들어갔을 것이다. 하지만 여전히 열두 번!

그는 자신의 회중시계 스프링을 눌러 황당한 시계의 시간을 확인했다. 작은 시계의 초침은 열두 번을 짧고 빠르게 뛰고 멈춰 섰다.

말도 안 돼, 스크루지가 말했다. 내가 하루를 통째로 자고 그다음 밤까지 넘어갔다는 게 가능한가? 아니, 태양이 무슨 일이 생긴 건가? 이것이 한낮 열두 시라는 건가!

그 생각은 너무나 불안했다. 그는 침대에서 황급히 기어나와 창문 쪽으로 몸을 더듬어 갔다. 그리고 그의 실내복 소매로 서리를 닦아낸 뒤에야 바깥을 볼 수 있었다. 하지만 그가 볼 수 있는 건 거의 없었다. 확인한 것은 여전히 짙은 안개가 낀 매우 추운 날씨였고, 사람들이 이리저리 뛰어다니며 소란을 피우는 소리가 전혀 없었다는 점이었다. 만약 밤이 대낮을 물리치고 세상을 차지했다면, 분명히 그와 같은 소란이 있었을 것이다.

그는 안도의 한숨을 내쉬었다. 그 이유는, 이 환어음의 제시일로부터 3일 후에 베니저 스크루지 씨 혹은 그의 지시대로 지급하라고 하는 문구가 그의 손에 쥐어져 있는 이상, 세상에 날 수 있는 시간이 없어진다면 이 약속은 단순히 미국의 종잇조각에 불과해질 것이기 때문이다.

스크루지는 다시 침대에 들어가서 생각하고, 또 생각하고, 다시 한번 생각했다. 하지만 아무리 고민해도 답이 나오지 않았다. 생각할수록 혼란스러워졌고, 생각하지 않으려고 할수록 더 깊이 생각에 빠져들었다.

말리의 유령은 스크루지를 몹시 괴롭혔다. 그는 신중히 생각하고 나서 그것이 단순한 꿈이라고 결론지으려 할 때마다, 그의 마음은 풀린 강력한 스프링처럼 다시 처음의 상태로 되돌아가며 같은 질문을 던졌다. "그것이 과연 꿈이었을까, 아니었을까?"

스크루지는 그런 상태로 누워 있었다. 그러다 종이 세 번 더 울리는 동안, 종이 한 번 울릴 때 유령이 방문할 것이라 경고했음이 갑자기 떠올랐다. 그는 그 시간이 지나갈 때까지 깨어 있기로 결심했고, 자신이 잠드는 것만큼이나 천국에 가는 것도 불가능하리란 것을 생각해 보니, 이는 아마도 그가 취할 수 있는 가장 현명한 선택이었다.

시간은 너무도 느리게 흘러, 그는 몇 번이고 자신도 모르게 깜빡 졸았고, 그래서 종소리를 놓친 게 아닐지 의심했다. 그러나 마침내, 그의 귀에 종소리가 울리기 시작했다.

"땡, 동!"

"15분이 지났군." 스크루지가 세며 말했다.

"땡, 동!"

"30분이야!" 스크루지가 말했다.

"땡, 동!"

"15분 전이야." 스크루지가 말했다.

"땡, 동!"

"드디어 그 시간이군!" 스크루지가 승리감을 느끼며 말했다. "그뿐이잖아!"

그는 마지막 종이 울리기도 전에 그렇게 말했는데, 바로 그 순간 깊고 둔탁하며 허전하고 우울한 '땡' 소리가 울렸다. 그리고 방안에 빛이 갑자기 번쩍였으며, 침대의 커튼이 젖혀졌다.

분명히 말하건대, 침대의 커튼은 손에 의해 젖혀졌다. 그것은 발치나 뒤쪽 커튼이 아닌, 바로 그의 얼굴을 마주하고 있는 커튼이었다. 그 커튼이 젖혀지자, 스크루지는 반쯤 앉아 있는 자세로 벌떡 일어났다. 그리고 그 커튼을 젖힌 초자연적인 방문객과 얼굴을 마주하게 되었다. 그 방문객은 바로 그의 코앞에 있었다. 마치 지금 내가 당신의 팔꿈치 옆에 서 있는 영혼처럼 가까운 거리였다.

그 모습은 이상했다. 아이 같으면서도 아이 같지 않고, 노인 같으면서도 노인이 아닌 형상이었다. 무언가 초자연적인 매개체를 통해 본 것처럼 보였고, 그로 인해 그 존재는 눈앞에서 멀어졌다가 축소되어 아이의 크기로 줄어든 듯 보였다. 목과 등을 따라 늘어진 머리카락은 나이 든 사람처럼 하얗게 빛났지만, 얼굴에는 주름 하나 없었고 피부에는 가장 고운 생기가 감돌았다.

　팔은 아주 길고, 근육질이었으며, 손 또한 힘이 비범하게 강할 것처럼 보였다. 다리와 발은 아주 정교하게 형성되었고, 상반신과 마찬가지로 맨살이었다. 그는 가장 순백의 튜닉을 입고 있었으며, 허리에는 빛나는 띠를 두르고 있었다. 그 광채는 눈부시게 아름다웠다. 그의 손에는 싱그러운 녹색 호랑가시나무 가지를 들고 있었는데, 겨울을 상징하는 그 상징물과는 대조적으로 그의 옷은 여름꽃들로 장식되어 있었다.

　그러나 무엇보다도 가장 이상한 점은 그의 머리 꼭대기에서 맑고 밝은 빛줄기가 뻗어 나와 있었고, 그 빛 덕분에 방 안의 모든 게 훤히 보였다는 것이었다. 그 빛은 분명히 그가 어두운 순간에 사용하는 큰 소화기 모양의 모자를 필요로 한 이유였고, 지금 그 모자는 그의 팔 아래 끼워져 있었다.

　그러나 스크루지가 점점 더 똑바로 바라보자, 그것의 가장 이상한 점은 따로 있었다. 허리띠가 반짝이며 한쪽은 빛을 내다가 다른 쪽은 어두워지곤 했고, 그러자 형체 자체도 명확함이 흔들리기 시작했다. 어느 순간에는 팔 하나를 가진 존재로 보였다가, 다음 순간에는 다리가 하나뿐이었고, 다시 또 다리가 스무 개인 모습으로 바뀌었다.

혹은 머리가 없는 다리 두 개로, 혹은 몸통이 없는 머리로 변하곤 했다. 이렇게 흐려지는 부분들은 짙은 어둠 속에서 녹아 사라지며 외곽선조차 남지 않았다. 그러나 이 기묘한 변화가 끝나기도 전에 그것은 다시 원래 모습으로 돌아오곤 했다. 여전히 뚜렷하고 선명하게.

"당신이 제게 예고된 영혼입니까?" 스크루지가 물었다.

"그렇다!"

목소리는 부드럽고 다정했으며, 이상할 정도로 낮았다. 바로 옆에서 들리는 것 같으면서도 멀리서 속삭이는 것 같은 목소리였다.

"당신은 누구이며, 무엇입니까?" 스크루지가 물었다.

"나는 과거 크리스마스의 유령이다."

"아주 오래된 과거입니까?" 스크루지는 그의 왜소한 체격을 살피며 물었다.

"아니, 너 자신의 과거다."

아마 스크루지는 왜 그런지 자신도 설명하지 못했을 것이다. 하지만 그는 이 영혼이 머리에 쓰고 있는 모자가 매우 궁금해졌고, 그것을 쓰길 요청했다.

"뭐라고!" 유령이 외쳤다. "세속적인 손으로 내가 주는 빛을 그렇게 빨리 끄려고 하느냐? 너희 인간의 욕망이 이 모자를 만들어 내게 씌운 것도 부족해서, 내가 수많은 세월 동안, 이 모자를 눈썹에 깊이 눌러쓰게 하다니!"

스크루지는 존경심을 담아 자신이 결코 유령을 모욕할 의도도 없었고, 그의 생애 동안 일부러 이 유령에게 이런 '모자'를 씌운 적이 없음을 변명했다. 그러고는 용기를 내어 그가 이곳에 온 이유를 물었다.

"너를 위한 복지 때문이지!" 유령이 대답했다.

스크루지는 그 말에 감사를 표했지만, 끝내 말하지 않을 수 없었다. 차라리 밤새 방해받지 않고 푹 자는 것이 더 도움이 되었을 것 같다는 생각이었다. 유령은 그의 생각을 들은 것처럼 즉시 말했다.

"너를 회복시키기 위해서다. 주의 깊게 들어라!"

그러면서 강한 손을 내밀어 스크루지의 팔을 부드럽게 붙잡았다.

"일어나라! 그리고 나와 함께 걸으라!"

스크루지가 아무리 애원한다 해도 소용없었을 것이다. 지금은 걷기 적합하지 않은 시간이고 날씨라며, 따뜻한 침대를 포기할 수 없다고, 기온은 영하로 한참 내려갔다고, 그는 슬리퍼와 가운, 그리고 잠옷 모자 차림으로 가볍게 입었을 뿐이며, 게다가 몸 상태도 감기에 걸려 있다고.

그러나 그 손길은 여인의 손처럼 부드러웠지만, 결코 거부할 수 없는 힘을 가지고 있었다. 스크루지는 일어섰다. 하지만 유령이 창문 쪽으로 향하자, 그의 가운을 붙잡고 간청했다.

"나는 필멸자이다." 스크루지가 항의하며 말했다. "그리고 떨어질 위험이 있다."

"여기 내 손길을 한 번 느껴보아라." 유령이 그의 심장 위에 손을 얹으며 말했다. "그러면 너는 이보다도 더 많은 것을 견딜 수 있을 것이다!"

*

그 말이 끝나자마자, 그들은 벽을 통과해 광활한 시골길 위에 서 있었다. 길 양옆에는 들판이 펼쳐져 있었고, 도시는 흔적도 없이 사라져 버렸다. 어둠과 안개 역시 함께 사라졌다.

맑고 차가운 겨울날이었다. 땅 위에는 눈이 덮여 있었다.

"세상에!" 스크루지가 손을 모아 쥐고 주위를 둘러보며 외쳤다. "나는 이곳에서 자랐어요. 나는 여기서 소년이었다고요!"

유령은 부드럽게 스크루지를 바라보았다. 비록 유령의 가벼운 손길은 잠깐이었지만, 그것은 여전히 그의 감각 속에 뚜렷하게 남아 있었다. 스크루지는 공기 중에 떠도는 수많은 향기를 느꼈다. 그 하나하나가 오래전 잊힌 수많은 기억, 희망, 기쁨, 그리고 근심과 연결되어 있었다!

"너의 입술이 떨리고 있구나." 유령이 말했다. "그리고 너의 뺨 위에 있는 그것은 무엇이냐?"

스크루지는 평소와 다른 떨리는 목소리로 그것은 여드름이라고 변명하며, 유령에게 자신을 어디든 데려가달라고 부탁했다.

"길을 기억하느냐?" 유령이 물었다.

"기억한다고요!" 스크루지가 열정적으로 외쳤다. "눈을 감고도 걸을 수 있어요!"

"그렇게 오랜 세월 동안 잊고 지냈다니 이상하구나." 유령이 말했다. "가자."

그들은 길을 따라 걸었다. 스크루지는 길가의 모든 문과 기둥, 나무를 알아보았다. 그러다 저 멀리 작은 시장 마을이 나타났다. 다리와 교회, 그리고 구불구불 흐르는 강이 보였다. 털이 북슬북슬한 조랑말 몇 마리가 소년들을 태우고 걸어오고 있었다. 소년들은 농부들이 모는 마차와 짐수레 위의 다른 소년들에게 소리쳤다. 이 소년들 모두가 기분이 좋아서 서로 외치고 웃었다. 그들의 떠들썩한 목소리는 넓은 들판을 가득 채웠고, 맑고 차가운 공기조차 그 소리에 웃는 듯했다!

"이것들은 모두 이미 지나간 일들의 그림자일 뿐이다." 유령이 말했다. "그들은 우리를 의식하지 못한다."

활기찬 여행자들이 다가왔다. 스크루지는 그들을 알아보았고, 하나하나 이름을 불렀다. 어째서 그들을 보고 이렇게 끝없이 기뻐했을까! 왜 그의 차가운 눈이 반짝였으며, 그들의 모습이 지나가자, 가슴이 벅차올랐을까! 왜 그들이 서로

"메리 크리스마스!"를 외치며 갈림길에서 각자의 집으로 흩어지는 모습을 듣자 그렇게 행복했을까!

스크루지에게 크리스마스가 무슨 의미가 있었던가? 그런 크리스마스 따윈 저리 치워라! 그에게 크리스마스가 무슨 도움이 되었단 말인가?

"학교가 완전히 비어 있는 것은 아니다." 유령이 말했다. "친구들에게 외면당한 고독한 아이가 아직 그곳에 남아 있다."

스크루지는 그 말을 듣고 고개를 끄덕였다. 그리고 울음을 터뜨렸다.

그들은 기억 속의 선명한 좁은 길을 따라가더니, 이내 무거운 붉은 벽돌로 지어진 저택 앞에 도착했다. 지붕 위에는 작은 바람개비와 종이 달린 둥근 꼭대기 건물이 있었다. 넓은 저택이었으나, 쇠락한 흔적이 역력했다. 널찍한 부속 건물들은 거의 사용되지 않아 벽은 눅눅하고 이끼로 덮여 있었고, 창문은 깨져 있었으며, 대문은 썩어 있었다. 닭들은 마구간에서 깃털을 털며 돌아다녔고, 마차 보관소와 창고는 풀로 뒤덮여 있었다.

내부는 외부 못지않게 낡고 황폐했다. 그들은 음산한 홀에 들어섰다. 여러 방의 문들이 열려 있었으나 가구는 초라했고, 방은 춥고 텅 비어 있었다. 공기 중에는 땅 냄새가 섞여 있었고, 차가운 허전함이 스며 있었다. 그것은 새벽같이 일찍 일어나 촛불 아래에서 생활하던 시절의 고된 기억과 충분하지 않았던 음식의 기억을 떠올리게 했다.

유령과 스크루지는 홀을 지나 저택 뒤쪽에 있는 문으로 향했다. 문이 그들 앞에서 열렸고, 긴 나무 벤치와 책상들이 줄지어 놓인 황량하고 우울한 방이 모습을 드러냈다. 방은 초라했고 그것은 어딘가 가련하게 느껴졌다. 한쪽 구석에서는 외로운 소년이 희미한 불빛 옆에서 책을 읽고 있었다. 스크루지는 벤치에 앉아 과거의 자신, 잊힌 채 홀로 남겨진 어린 모습을 보고 울음을 참지 못했다.

집 안에서 들려오는 작은 메아리 하나조차도, 벽 뒤를 달리는 쥐들의 삐걱거림과 소란도, 뒤뜰에서 녹다 만 물받이에서 떨어지는 물방울 소리도, 잎이 없는 우울한 포플러 나무 가지 사이로 흩날리는 한숨 소리도, 헛간 문이 바람에 흔들리는 소리도, 심지어는 벽난로의 불타는 소리조차도 스크루지의 마음을 부드럽게 적시며 그의 눈물을 더욱 쏟아 내게 했다.

유령은 그의 팔을 가볍게 건드렸다. 그러고는 책에 몰두하고 있는 젊은 스크루지를 가리켰다. 그때 갑자기 창문 밖에, 허리춤에 도끼를 차고 나귀를 끌고 가는 외국 옷을 입은 남자가 나타났다. 그의 모습은 기묘하게 생생하고 뚜렷했다.

"저건 알리바바잖아!" 스크루지가 기쁨에 차서 외쳤다. "우리의 소중하고 정직한 알리바바! 맞아, 맞아, 기억나! 어느 크리스마스 때, 저 외로운 아이가 이곳에 홀로 남겨졌을 때, 저 알리바바가 처음 찾아왔지, 딱 저 모습 그대로. 불쌍한 아이… 그리고 저기 발렌타인!" 스크루지가 외쳤다.

"그리고 그의 야생적인 형제, 오르손! 저기 그들이 가는군! 그리고 저기 다마스쿠스 성문에서 서랍 속에 갇힌 채 잠들었던 사람은 이름이 뭐였더라? 보이지 않아? 그리고 진에게 거꾸로 매달린 술탄의 하인도 보이는군! 저기, 머리로 서 있잖아! 당연히 그래야지. 그가 공주와 결혼할 생각을 한 게 잘못이었어!"

스크루지가 이렇게 열정적으로 자신의 상상 이야기들을 떠올리며 울음과 웃음을 오가는 기묘한 목소리로 말하는 모습을 본다면, 도시의 사업 동료들은 깜짝 놀랐을 것이다.

"저기 앵무새다!" 스크루지가 외쳤다. "초록 몸통에 노란 꼬리, 머리 위에 상추처럼 생긴 게 자라고 있는 앵무새! 저기 있어! 불쌍한 로빈슨 크루소! 그가 섬을 한 바퀴 돌아 다시 집으로 돌아왔을 때, 저 앵무새가 '불쌍한 로빈슨 크루소! 어디 갔었어. 로빈슨 크루소?'라고 불렀잖아. 그 사람은 꿈을 꾸고 있다고 생각했지만, 그렇지 않았지. 앵무새였다고! 그리고 저기 금요일, 작은 시내로 목숨을 걸고 달아나는 중이잖아! 야호! 후프! 야호!"

그러고는, 평소의 냉담한 성격과는 완전히 동떨어진 빠른 전환으로, 스크루지는 과거의 자신을 동정하며 말했다. "불쌍한 아이!" 그리고 다시 울음을 터뜨렸다.

"내가…" 스크루지는 눈물을 소매로 닦은 후 주머니 속에 손을 넣고 주위를 둘러보며 중얼거렸다. "하지만 이제 너무 늦었지."

"무슨 일인가요?" 유령이 물었다.

"아무것도 아닙니다." 스크루지가 대답했다. "아무것도 아니에요. 어젯밤에 한 소년이 제 문 앞에서 크리스마스 캐롤을 부르고 있었는데… 그때 내가 뭔가를 줬으면 좋았을 텐데, 그게 다예요."

유령은 생각에 잠긴 듯 미소를 짓더니 손을 흔들며 말했다. "다른 크리스마스를 보도록 합시다!"

유령의 말이 끝나자, 스크루지의 어린 시절 모습이 점점 커졌고, 방은 더 어두워지고 더 낡아졌다. 벽 판이 줄어들고 창문에 금이 갔으며, 천장에서 석고 조각들이 떨어져 나가 드러난 뼈대들이 보였다. 어떻게 이런 변화가 일어났는지는 스크루지가 알 수 없었지만, 그는 이 모든 게 정확히 그렇게 되어야 하는 것임을 알았다. 다른 아이들이 모두 집으로 돌아가 즐거운 휴일을 보내고 있을 때, 그는 여전히 홀로 남아 있었다.

이번에는 책을 읽고 있지도 않았다. 절망에 차서 방 안을 이리저리 걸어 다닐 뿐이었다. 스크루지는 유령을 바라보며 고개를 슬프게 저었고, 초조하게 문 쪽을 쳐다보았다.

그때 문이 열렸다. 그리고 그보다 훨씬 어린 여자아이가 달려들어 그의 목을 끌어안고 여러 번 입을 맞추며 말했다. "내 사랑하는, 사랑하는 오빠!"

"오빠를 집으로 데리러 왔어요. 사랑하는 오빠!" 소녀는 두 손을 힘껏 치며 작은 몸을 숙여 웃었다. "집으로 가요. 집으로, 집으로!"

"집으로? 작은 팬?" 소년이 되물었다.

"맞아요!" 소녀는 기쁨에 가득 차 외쳤다. "이제는 완전히 집으로요. 영원히요! 아버지가 예전보다 훨씬 더 상냥해지셔서 집이 마치 천국 같아요! 어느 밤, 제가 잠자리에 들려고 할 때, 아버지가 제게 그렇게 부드럽게 말씀하시는 걸 듣고는 무서워하지 않고 다시 한번 물어봤어요. 오빠도 집에 오면 안 되냐고요. 그랬더니 아버지가 "그래, 그래야지." 라고 말씀하시면서, 마차를 보내 오빠를 데려오라고 하셨어요. 오빠는 이제 어른이 될 거래요!" 소녀는 눈을 반짝이며 말했다. "그리고 다시는 여기에 돌아오지 않을 거예요. 하지만 먼저, 이번 크리스마스 내내 함께 지내면서 세상에서 가장 즐겁게 지낼 거예요!"

"넌 정말 다 컸구나, 작은 팬!" 소년이 감탄하며 말했다.

소녀는 손뼉을 치며 웃더니 그의 머리를 만지려고 애를 썼다. 그러나 키가 너무 작아서 닿을 수 없자 다시 웃으며 발끝을 들어 그를 껴안았다. 그러고는 어린아이의 열정으로 그를 문 쪽으로 끌기 시작했다. 소년 역시 기꺼이 따라가며 그녀와 함께 문밖으로 향했다.

복도에서 끔찍한 목소리가 울려 퍼졌다. "스크루지 군의 짐을 가져와라!" 이내 복도에 교장이 나타났다. 그는 마치 무시무시한 관대함이라도 베푸는 듯한 눈빛으로 어린 스크루지를 내려다보았다. 그러고는 악수를 청하며 스크루지의 마음을 불안과 공포로 가득 채웠다. 그 후, 교장은 그와 여동생을 이끌고 썰렁한 응접실로 안내했다. 그곳은 한기 서린 벽에 지도들이 걸려 있고, 창가의 천체와 지구 모형들도 추위에 얼어붙어 반들거리는, 가장 음산한 방이었다.

교장은 기묘하게 연한 색의 와인과 이상하게 무거운 케이크 한 덩이를 내놓아 두 아이에게 조금씩 나눠주었다. 동시에, 깡마른 하인을 보내 마부에게 뭔가 한 잔을 권하게 했는데, 마부는 전에 맛본 것과 같다면 사양하겠다고 정중히 거절했다.

한편, 스크루지의 짐은, 이미 마차의 지붕 위에 단단히 묶여 있었다. 아이들은 교장에게 흔쾌히 작별 인사를 건넨 뒤 마차에 올라탔다. 마차는 정원의 길을 따라 활기차게 출발하며 바퀴로 상록수의 어두운 잎사귀에 내려앉은 서리와 눈을 물보라처럼 흩뿌렸다.

"언제나 연약한 아이였지. 한 줄기 바람에도 시들었을 법한." 유령이 말했다. "하지만 그 아이는 커다란 마음을 지니고 있었어."

*

"맞다, 그렇습니다!" 스크루지가 외쳤다. "유령님 말씀이 옳아요. 절대 부정하지 않아요. 절대로요!"

"그녀는 어른이 되어 세상을 떠났지." 유령이 말을 이었다. "그리고 아마 자식도 있었을 거야."

"한 아이였습니다." 스크루지가 대답했다.

"그렇지." 유령이 말했다. "네 조카 말이야."

스크루지는 뭔가 불편한 듯 미심쩍은 표정을 지으며 짧게 대답했다. "네, 맞아요."

조금 전에 학교를 떠났던 그들은 이제 북적이는 도시의 거리 한가운데에 있었다. 희미한 그림자 같은 사람들이 오가고, 그림자 같은 수레와 마차들이 길을 차지하려 경쟁하며, 실제 도시의 소란과 혼란이 그곳에 재현되고 있었다. 가게들의 진열대를 보면 여기가 크리스마스 시즌임을 분명히 알 수 있었지만, 이미 저녁이 되어 거리에는 불빛이 가득했다.

유령은 한 창고 문 앞에서 멈춰 섰다. 그러고는 스크루지에게 여기를 기억하느냐고 물었다.

"기억하느냐고요! 스크루지가 외쳤다. 제가 여기서 수습생이었잖아요!"

그들은 안으로 들어갔다. 높은 책상 뒤에 웨일스식 가발을 쓴 노신사가 앉아 있었다. 그 책상은 너무 높아서, 그가 키가 조금만 더 컸다면 천장에 머리를 부딪혔을 정도였다. 스크루지는 크게 흥분하며 외쳤다.

"저기! 페지윅 선생님이시잖아요! 이분을 축복해야 해요. 페지윅 선생님이 살아 계신 것 같아요!"

페지윅 노신사는 펜을 내려놓고 시계를 올려다보았다. 시계는 정확히 일곱 시를 가리키고 있었다. 그는 두 손을 비비며 넉넉한 조끼를 정돈하고, 신발 끝에서부터 너그러운 마음이 느껴지는 표정까지 온몸으로 웃음을 터뜨렸다. 그러고는 편안하고 윤기 나는 풍부한 목소리로 외쳤다.

"요호, 거기! 에벤에저! 딕!"

스크루지의 옛 자아, 이제는 젊은 남자로 자란 그는 함께 수습생인 딕 윌킨스를 데리고 활기차게 들어왔다.

"딕 윌킨스, 맞다!" 스크루지가 유령에게 말했다. "오, 그렇다. 저기 있네요. 딕은 저에게 정말 많이 애착을 느꼈었죠. 가엾은 딕! 사랑스러운 딕!"

"요호, 내 친구들!" 페지윅이 외쳤다. "오늘 밤은 일 끝! 크리스마스이브야, 딕! 크리스마스. 에벤에저! 셔터를 올리자!" 페지윅은 손뼉을 세게 치며 말했다. "잭 로빈슨도 말하기 전에 다 끝낼 수 있어!"

이 두 사람의 행동을 믿을 수 있을까? 그들은 달려갔다. 하나, 둘, 셋 셔터를 제자리에 올리고 넷, 다섯, 여섯, 바로 잠그고 고정했다. 일곱, 여덟, 아홉 그리고 12를 세기도 전에 돌아왔다. 그들은 경주마처럼 숨을 헐떡이며 돌아왔다.

"이야호!" 페지윅이 외치며 높은 책상에서 내려와 놀라운 민첩성으로 뛰어내렸다. "모두 치워! 모두에게 충분한 공간을 만들어라! 이야호, 딕! 칙칙, 에벤에저!"

"치워!" 페지윅이 지시했다.

그가 지켜보는 한, 그들은 뭐든지 치울 수 있었고, 무엇이든지 치워버릴 수 있었다. 순식간에 일이 끝났다. 움직일 수 있는 모든 것이 마치 영원히 공적 삶에서 쫓겨난 것처럼 치워졌다. 바닥은 쓸리고 물은 뿌려졌으며, 램프는 정비되었고, 연료는 불에 던져졌다. 창고는 겨울밤에 볼 수 있는 가장 아늑하고 따뜻하며 건조하고 밝은 무도회장처럼 변했다.

그때, 바이올린을 든 연주자가 음악책을 들고 들어와 높은 책상에 올라갔다. 그리고 그 책상에서 오케스트라처럼 조율을 시작했다. 바이올린 소리는 마치 오십 명의 목소리처럼 들렸다.

그때 페지윅 부인도 들어왔는데, 그녀는 커다란 미소를 머금고 있었다. 그 뒤로 페지윅의 세 딸이 환하게 웃으며 들어왔고, 여섯 명의 젊은 신사들이 뒤를 따랐다. 이들은 모두 페지윅 집안을 흔들어 놓은 이들이다.

그리고 사업에 종사하는 젊은 남녀들이 들어왔고, 하녀는 그녀의 사촌인 제빵사와 함께 들어왔다. 요리사는 그녀 남동생의 특별한 친구인 우유 장수와 함께 들어왔고, 그 길 건너편에서 끼니를 제대로 못 얻은 것으로 의심되는 소년도 들어왔다.

그는 이웃집 여자가 자기 귀를 여주인에게 잡혔다는 사실을 숨기려 했다. 그들이 들어온 순서대로, 일부는 부끄럽게, 일부는 대담하게, 일부는 우아하게, 일부는 어색하게, 일부는 밀고, 일부는 당기며 들어왔다.

그들이 들어오면서 마침내 춤이 시작되었다. 스무 쌍이 한 번에 나가며 손을 반쯤 돌리고 다시 반대 방향으로 돌아왔다. 중간에 다시 올라가며 춤을 추었다. 그들은 사랑스러운 군무를 만들며 돌았다. 늙은 상위 커플은 항상 틀린 자리에 나타났고, 새로운 상위 커플은 도착하자마자 다시 출발했다. 결국 모든 커플이 위로 올라가며, 밑에 있는 커플은 없었다.

이러한 상황이 벌어지자, 페지윅은 손뼉을 쳐서 춤을 멈추게 했다. 그러고는 크게 외쳤다. "잘했어요!" 그러자 연주자는 뜨거운 얼굴을 포터 잔에 담갔다. 그러고 나서 잠시 쉬지도 않고 다시 연주를 시작했다. 이번에는 춤추는 사람들이 없었지만, 마치 다른 연주자가 피로에 지쳐 들것에 실려집으로 갔고, 새로운 연주자가 그를 능가하기로 결심한 것처럼 보였다.

춤은 계속되었고, 벌칙도 있었다. 다시 춤이 시작되었으며, 케이크와 네거스, 그리고 큰 조각의 구운 고기와 삶은 고기가 나왔다. 그 후에는 잘게 썬 파이와 풍성한 맥주도 등장했다. 그러나 그날 밤의 가장 큰 하이라이트는 구운 고기와 삶은 고기를 먹은 뒤, 바이올린 연주자가 '코벌리의 로저 경'을 켜기 시작했을 때 찾아왔다. 그때 늙은 페지윅이 페지윅 부인과 함께 춤을 추러 나섰다.

두 사람은 선두 커플이었다. 꽤 만만치 않은 일을 앞둔 셈이었다. 세, 네, 다섯 쌍도 아니고, 자그마치 스물세 네 쌍이나 되는 파트너들이 줄을 지어 기다리고 있었으니 말이다. 그들은 장난으로 춤추는 사람들이 아니었다. 춤이라면 진지하게 임하는 이들이었고, 걸음으로 대충 때우는 건 있을 수 없는 일이었다.

하지만 그들이 두 배, 아니, 네 배가 되었더라도 페지윅 씨와 페지윅 부인은 그들 모두에게 충분히 맞설 수 있었다. 그녀는 말할 것도 없이 그의 파트너로서 모든 면에서 완벽하게 어울리는 사람이었다. 이것이 높은 칭찬이 아니라고 말한다면, 더 높은 칭찬을 알려달라. 그러면 그 칭찬을 사용하겠다.

페지윅 씨의 종아리에서는 마치 빛이 뿜어져 나오는 듯한 느낌이 들었다. 그의 종아리는 춤의 모든 순간에서 달처럼 빛났다. 어느 순간에 그가 어떻게 될지 예측할 수 없을 정도였다.

그리고 페지윅 씨와 페지윅 부인이 춤을 마친 후, 진행하고 퇴장하며 두 손을 파트너에게 건네고, 고개를 숙이고 예를 표하고, 나선형으로 돌기, 실 끼우기, 다시 제자리로 돌아오는 동작을 마친 뒤 페지윅 씨는 '컷'을 했다. 그가 그렇게 능숙하게 '컷'을 해서, 마치 다리로 윙크하듯 보였고, 비틀거리거나 넘어지지 않고 발을 다시 디뎠다.

시계가 열한 시를 쳤을 때 이 가정적인 무도회는 끝이 났다. 페지윅 씨와 페지윅 부인은 문 양쪽에 서서 나가는 모든 사람과 개별적으로 악수를 하며 "메리 크리스마스!"라고 인사했다. 모든 사람이 퇴장하고 나서 두 명의 수습생만 남았을 때, 그들도 역시 인사를 받았다. 그렇게 기쁜 목소리들이 점차 사라지고, 소년들은 잠자리에 들었다. 그들의 침대는 뒤편 상점의 카운터 아래에 있었다.

*

이 모든 순간 동안 스크루지는 마치 제정신이 아닌 사람처럼 행동하고 있었다. 그의 마음과 영혼은 그 장면 속에 있었고, 그의 옛 자아와 함께 있었다. 그는 모든 것을 확인하고, 모든 것을 기억하고, 모든 것을 즐기며, 가장 이상한 동요를 겪고 있었다. 이제야 그 옛 자아와 딕의 밝은 얼굴이 그들에게서 돌아서며, 스크루지는 유령을 기억했고 그것이 자신을 똑바로 바라보고 있다는 것을 깨달았다. 그 유령의 머리 위의 불빛은 매우 선명하게 타오르고 있었다.

"사소한 일이다." 유령이 말했다. "이 어리석은 사람들을 이렇게 감사로 가득 채우는 것이 말이야."

"사소한 일이라니!" 스크루지가 대답했다.

유령은 그에게 두 수습생의 말을 들으라고 손짓했고, 그가 그것을 듣고 나서 말했다.

"그렇지 않은가? 그는 언젠가 사라지고 말 운명을 가진 당신의 돈을 몇 푼 쓰지 않았다. 아마 세, 네 푼 정도. 그것이 그가 이런 찬사를 받을 만큼 많은 돈인가?"

"그게 아닙니다." 스크루지가 그 말에 열을 올리며 무의식적으로 옛 자아처럼 말했다. "그게 아니에요, 유령님. 그는 우리를 행복하게도, 불행하게도 만들 수 있는 능력이 있어요. 우리의 일이 가볍기도 하고, 부담스러울 수도 있으며, 즐거움이 되기도 하고, 고된 일이 되기도 합니다. 그 힘이 말과 표정에서 비롯된다고 해보죠. 너무나 사소하고 미미해서 다 헤아릴 수도 없는 것들에서 나온다고 해도요. 그렇다면 그다음은 어떻게 될까요? 그가 주는 행복은, 마치 그것이 막대한 비용을 들인 것만큼이나 큰 것이에요."

"무슨 일이지?" 유령이 물었다.

"별일 아니에요." 스크루지가 말했다.

"별일이지 않겠느냐?" 유령이 집요하게 물었다.

"아니요." 스크루지가 말했다. "그저, 지금 제 사무원에게 한마디라도 할 수 있으면 좋겠어요. 그게 전부입니다." 그의 옛 자아는 그 소망을 털어놓자마자 램프를 끄고 유령과 다시 나란히 서서 밖에 나갔다.

"나에게 주어진 시간이 줄어들고 있다." 유령이 말했다.

"빨리 가자!"라는 유령의 이 말은 스크루지나 그가 볼 수 있는 누구에게도 하지 않은 말이었지만, 그것은 즉각적인 시간의 변화를 불러왔다. 스크루지는 다시 자신을 보게 되었다. 이제 그는 나이가 들어 삶의 전성기에 접어든 남자가 되어 있었다. 그의 얼굴은 후에 나타날 엄격하고 경직된 선들이 보이지 않았지만, 이미 걱정과 탐욕의 흔적이 서서히 드러나고 있었다.

그 눈에는 열망과 탐욕, 그리고 쉼 없는 불안이 깃들어 있었다. 그 안에는 이미 뿌리를 내린 욕망이 드러나 있었고, 자라나는 나무의 그림자가 드리울 자리를 예고하고 있었다. 그는 혼자가 아니었고, 한 여인과 함께 앉아 있었다. 그녀는 장례복을 입고 있었으며 그 여인의 눈에는 눈물이 맺혀 있었고, 그 눈물은 유령의 과거 크리스마스의 빛 속에서 반짝였다.

"더 이상 중요하지 않아요." 그녀가 부드럽게 말했다. "당신에게는 내가 그다지 중요하지 않아요. 다른 우상이 나를 대신했어요. 그리고 만약 그 우상이, 내가 하고 싶었던 것처럼 당신을 위로하고 기쁘게 할 수 있다면, 나는 마땅히 슬퍼할 이유가 없어요."

"어떤 우상이 당신을 대신했죠?" 그가 반문했다.

"금으로 된 우상이요."

"이것이 세상의 공정한 처사란 말입니까!" 그가 말했다. "가난만큼 힘든 것은 없고, 또 재산을 쫓는 것을 그렇게 엄하게 비난하는 법은 없지 않습니까!"

"당신은 세상을 너무 두려워하고 있어요." 그녀가 부드럽게 대답했다. "당신의 모든 다른 희망들은 세상의 저속한 비난을 벗어나는 데 있죠. 나는 당신이 가졌던 더 고귀한 열망들이 하나씩 사라지고, 마침내 '이득'이라는 주된 열정만이 당신을 사로잡는 것을 보았어요. 그렇죠?"

"그렇다면 어떻게 하라는 거죠?" 그가 반응했다. "내가 그렇게 많이 바뀌었어도 문제가 되나요? 나는 당신에게 여전히 변함없이 같은 사람이에요."

그녀는 고개를 저었다. "그렇지 않나요? 우리의 계약은 오래된 것이죠. 우리가 둘 다 가난하고, 그것을 기꺼이 받아들였던 시절에 맺어진 계약이었어요. 그때는 시간이 지나면 우리의 근면한 노력으로 재산을 개선할 수 있을 거라고 믿었죠. 그런데 이제 당신은 달라졌어요. 그때의 당신은 지금과는 다른 사람이었어요. 그때는 다른 사람이었어요."

"난 어린아이였어요." 그가 성급하게 말했다.

"당신의 감정이 말해 주고 있잖아요. 그때의 당신은 지금의 당신이 아니었다고." 그녀가 답했다. "나는 그때 우리가 하나로 있을 때 행복을 약속한 것이, 이제 우리가 둘이 되어서는 불행으로 바뀌었다고 느끼고 있어요. 그걸 얼마나 자주, 얼마나 깊이 생각했는지 말하지 않겠어요. 그저 나는 그것을 생각했고, 당신을 놓아줄 수 있겠다고 느꼈어요."

"내가 언제 당신에게서 벗어나길 원했나요?"

"말로는 안 했죠. 결코요."

"그렇다면 무엇으로요?"

"변해버린 본성으로요. 변한 정신으로요. 새로운 삶의 분위기에서요. 그리고 새로운 희망에서요. 당신이 내 사랑을 그 어떤 가치로 여길 수 있게 만든 모든 것에서요. 만약 이것이 우리 사이에 없었다면." 그녀가 부드럽지만 확고하게 그를 바라보며 말했다. "말해보세요. 지금이라도 나를 찾아서 나를 얻으려 할 건가요? 아, 절대 아니겠죠!"

그는 자신도 모르게 그 생각의 정당성에 고개를 끄덕였고 대답하기 힘들었지만 그래도 말했다. "당신은 그럴 거로 생각하지 않겠죠?"

"나는 그럴 수만 있다면 기꺼이 그렇게 생각할 거예요." 그녀가 대답했다. "하늘이 알죠! 내가 이런 진실을 배웠을 때, 그것이 얼마나 강하고 거부할 수 없는 것인지 알게 되었어요. 그러나 당신이 자유롭다면, 오늘, 내일, 어제라도, 내가 믿을 수 있겠어요? 당신이 아무것도 없이 가난한 여성을 선택할 수 있다고? 아니면 잠깐이라도 당신의 유일한 원칙에 반해 그럴 수 있다면, 후회와 회한이 따라올 거란 걸 알죠? 나도 알아요. 그래서 나는 당신을 놓아줄게요. 그때의 당신을 사랑했던 마음으로, 기꺼이요."

그는 말하려고 했으나, 그녀가 그의 시선에서 고개를 돌리며 다시 말을 이었다.

"이미 지나간 기억 속의 저는 이렇게 희망하고 있어요. 당신이 고통받기를 원해요. 아주, 아주 잠깐일 뿐이에요. 그리고 당신은 그것을 기꺼이 무익한 꿈이라 여기며 잊어버리겠죠. 그 꿈에서 깨어난 것이 다행이었다고 생각하면서요. 당신이 선택한 삶 속에서 행복하길 바랍니다!" 그녀는 그를 떠났고 그 둘은 갈라섰다.

"유령님!" 스크루지가 말했다. "더 이상 보여주지 마세요! 나를 집으로 데려다주세요. 왜 나에게 고통을 주며 즐거워하는 거죠?"

"하나의 그림자만 더!" 유령이 외쳤다.

"더는 안 됩니다!" 스크루지가 외쳤다. "더는 보고 싶지 않아요! 더 이상 보여주지 마세요!"

그러나 냉혹한 유령은 그의 두 팔을 붙잡고, 다음에 일어날 일을 보게 했다.

그들은 또 다른 장면과 장소에 있었다. 그곳은 크지 않고 아름답지도 않지만, 편안함으로 가득 차 있었다. 겨울 불 옆에 앉아 있는 아름다운 젊은 여인이 있었는데, 스크루지는 그녀가 바로 그 마지막 여인이라고 생각했다. 그러나 그 여인은 이제 성숙한 여인이 되어, 그녀의 딸과 마주 보고 앉아 있었다.

그들은 또 다른 장면과 장소로 옮겨갔다. 방은 역시 크지도 화려하지도 않았지만, 따스한 아늑함으로 가득 차 있었다. 겨울 벽난로 가까이에 아름다운 젊은 소녀가 앉아 있었는데, 그녀는 앞서 본 소녀와 너무도 닮아서 스크루지는 그들이 같은 사람이라고 믿었다. 하지만 곧 그녀가 지금은 어엿한 어머니가 되어 딸과 마주 앉아 있다는 것을 깨달았다.

방 안은 말 그대로 아수라장이었다. 스크루지가 흥분한 상태로는 셀 수 없을 정도로 많은 아이들이 있었다. 하지만 시인의 시에 나오는 마흔 명의 아이가 하나가 되어 행동하는 모습과는 달랐다. 이곳의 아이들은 모두가 마치 마흔 명의 독립적인 개개인처럼 행동하고 있었다. 그 결과는 믿기 어려울 정도로 소란스러웠지만, 아무도 개의치 않았다.

오히려 어머니와 딸은 그 상황을 즐기며 크게 웃었고, 딸은 곧 놀이에 끼어들다가 어린 장난꾸러기들에게 무자비하게 '약탈'당하고 말았다. 그는 무슨 수를 써서라도 그들 중 한 명이 되고 싶었다! 물론 그가 그렇게 무례하게 행동할 수는 없었겠지만 말이다. 아니, 세상 모든 부를 준다 해도 그 아름답게 땋아 내린 머리를 흐트러뜨리거나 망칠 수는 없었을 것이다.

그녀에게 무언가를 물어보아 그녀가 입을 열게 하고, 눈을 내리깐 그녀의 속눈썹을 바라보며 그녀를 당황하게 하고 싶지 않았다. 그녀의 머리카락 물결을 풀어 한 올만이라도 소중한 기념품으로 간직하고 싶었다. 한마디로, 나는 아이처럼 아무 거리낌 없이 그녀와 어울리고 싶었지만, 동시에 어른으로서 그 모든 순간의 가치를 진정으로 이해할 줄 아는 사람이 되고 싶었다.

그러나 이제 문을 두드리는 소리가 들렸고, 즉시 그곳에서 급히 달려들어 웃는 얼굴과 너덜너덜한 옷차림의 여인이, 화려하고 시끄러운 무리의 한가운데로 떠밀려 갔다. 그 순간, 그녀는 크리스마스 장난감과 선물을 가득 실은 사람을 따라 집에 돌아온 아버지를 맞이했다.

　　그러자 즉시 소리 지르고, 몸부림치며, 방어할 여지 없는 문지기를 향해 몰려드는 소동이 벌어졌다! 의자들을 사다리 삼아 그의 주머니를 파고들어, 갈색 종이 포장지를 빼앗고, 그의 넥타이를 움켜잡고, 목을 감싸 안고, 등을 때리며, 그의 다리를 차는 불가항력적인 애정 표현이었다!

　　각 선물의 내용물이 밝혀질 때마다 터지는 경탄과 기쁨의 외침! 아기가 인형의 프라이팬을 입에 넣는 순간 현행범으로 붙잡히고, 나무 쟁반에 붙여진 가짜 칠면조를 삼킨 의심을 받았다는 끔찍한 발표! 그러나 그것이 사실이 아님을 밝혀낸 순간의 엄청난 안도감! 기쁨, 감사, 황홀함은 모두 말로 표현할 수 없을 정도였다.

　　그저 아이들과 그들의 감정이 거실을 빠져나가고, 하나

씩 계단을 올라가며, 결국 집의 꼭대기에서 잠자리에 들고, 그렇게 모두 진정되었다.

이제 스크루지는 더욱 주의 깊게 바라보았다. 집의 주인은 딸이 다정하게 그에게 기대어 앉아 있는 모습을 보며, 그녀와 그녀의 어머니와 함께 자신이 불을 지피고 있는 벽난로 앞에 앉았다. 그는 '그녀와 같은 존재'가 바로 자신을 아버지라 부르며, 그의 황폐한 겨울에 봄처럼 따스한 존재가 될 수도 있었음을 떠올리며, 그의 시선은 흐려졌다.

"벨," 남편이 아내를 향해 미소 지으며 말했다. "오늘 오후, 네 오랜 친구를 봤어."

"누구였어?"

"맞춰봐! 어떻게 알겠어? 하하, 누굴까나?"

그녀가 같은 숨결로 웃으며 말했다. "스크루지 씨."

"맞아, 스크루지 씨야. 그가 있는 사무실 창문 앞을 지나쳤지. 창문이 닫혀 있지 않았고, 안에 촛불이 켜져 있어서 그를 볼 수밖에 없었어. 그의 파트너는 지금 죽어간다고 하더군. 그는 세상에서 혼자였어."

"유령님!" 스크루지가 떨리는 목소리로 외쳤다. "이곳에서 나를 보내주세요!"

"이것들은 과거의 그림자들이라고 내가 말하지 않았나?" 유령이 말했다.

"그들이 이렇게 된 이유로 나를 탓하지 마세요! 나를 보내주세요!" 스크루지가 외쳤다. "견딜 수 없어요!"

그는 유령에게 돌아서며, 그 유령이 자신을 바라보는 얼굴을 보았다. 그 얼굴에는 전에 보여준 모든 얼굴들의 조각들이 섞여 있는 듯한 느낌이 들었다. 스크루지는 유령과 몸싸움을 벌였다.

"나를 내버려 두세요! 나를 보내주세요. 더 이상 나를 괴롭히지 마세요!"

그 싸움에서, 유령은 저항 없이 아무런 움직임 없이 스크루지의 노력에도 불구하고 흔들리지 않았다. 그러던 중 스크루지는 유령의 빛이 여전히 밝게 타오르고 있다는 것을 깨달았다. 그것이 자신에게 미치는 영향을 어렴풋이 연결 지으며, 그는 소화기를 잡고, 갑자기 그것을 유령의 머리 위에 대고 눌렀다.

유령은 그 아래로 떨어져, 소화기가 그 형체 전체를 덮었지만, 스크루지가 아무리 힘껏 눌렀어도 그 빛은 완전히 가려지지 않았고, 그 빛은 끊임없이 땅에 흘러내렸다.

그는 스스로 지친 느낌을 받았고, 불가항력적인 졸음에 휩싸였으며, 결국 자신의 침실에 있다는 것을 알았다. 그는 소화기를 마지막으로 꽉 잡고, 손을 풀며, 무거운 잠에 빠지기 전에 겨우 침대에 기운 없이 쓰러졌다.

제3장
두 번째 유령의 방문

*

　스크루지는 대단히 깊은 코골이를 하며 잠에서 깨어났고, 침대에 앉아 정신을 차리려 했다. 그는 다시 시계가 한 시를 치고 있다는 것을 알았고, 두 번째 유령과의 만남을 위해 자신이 제때 깨어났음을 느꼈다.

　하지만 어느 커튼에서 이 새로운 유령이 모습을 드러낼지 생각하며 불편한 추위를 느꼈다. 그는 모든 커튼을 직접 열며 다시 누웠고, 침대 주위를 예리하게 살폈다. 그는 유령이 나타나는 순간을 맞이하려 했고, 놀라거나 긴장하고 싶지 않았다.

자유롭고 느긋한 성격의 사람들은 자신이 모르는 몇 가지 동작을 익혀 모험을 다룰 능력을 자랑하며, 그들이 뛰어든 일이 어느 범위의 것인지를 말할 때, "매일의 일부터 불가능한 일까지 할 수 있다."라고 표현한다. 물론 그 말에서 말하는 범위가 넓은 것이겠지만, 스크루지가 그 정도로 용감하다고 말하기는 어렵다. 다만 그가, 충분히 다양한 이상한 현상들을 준비할 마음을 먹었고, 아기와 코뿔소 사이에서 놀라지 않을 것임을 믿어 의심치 않았다고 생각하면 될 것이다.

이제 거의 모든 일에 대비가 되어 있었던 스크루지는 아무 일도 일어나지 않는 상황에는 전혀 대비가 되어 있지 않았다. 시계가 한 시를 칠 때, 아무런 형체도 나타나지 않자, 그는 갑작스러운 떨림을 느꼈다. 5분, 10분, 15분이 지나도 아무것도 나타나지 않았고 그동안 그는 침대에 누워 있었다.

시계가 시간을 알릴 때마다, 침대 위로 붉은빛이 쏟아졌다. 그 빛은 단순한 빛일 뿐, 그에게는 무엇을 의미하는지 알 수 없었지만, 그 무엇인가가 될 것이라 기대되었기에 오히려 여러 유령보다 더 두려웠다. 그가 때때로 자신이 이 순간 자기도 모르게 자연발화로 타들어 가고 있을지도 모른다는 두려움을 느끼기도 했다.

그러나 결국, 그는 생각하기 시작했다. 바로 그가 처음 떠올렸던 생각이었다. 그 처지에 있지 않은 사람이야말로 그 상황에서 무엇을 해야 했는지 알게 되는 법이니까. 그는 결국, 이 신비한 빛의 출처와 비밀이 바로 인접한 방에 있을 것으로 생각하게 되었다. 그 빛이 그곳에서 비치는 것처럼 보였기 때문이다. 이 생각이 머릿속을 꽉 채우자, 그는 조용히 일어나 슬리퍼를 끌며 문으로 다가갔다.

스크루지가 자물쇠를 잡은 순간, 이상한 목소리가 그의 이름을 부르며 들어오라고 했다. 그는 순순히 그에 응답했다.

그는 자신의 방에 있었으나, 그 방은 놀랄 만큼 변해 있었다. 벽과 천장은 온통 살아있는 초록색 식물로 장식되어 마치 완벽한 숲처럼 보였고, 곳곳에서 밝은 빛을 반사하는 붉은 열매들이 반짝였다. 호랑가시나무, 겨우살이, 담쟁이덩굴의 바삭한 잎들은 마치 작은 거울들이 뿌려져 있는 것처럼 빛을 되돌려 주었고, 벽난로에서는 이전에 스크루지나 말리, 아니 그보다도 더 많은 겨울이 지나간 시간 동안 본 적 없는 뜨거운 불꽃이 으르렁거리며 타오르고 있었다.

바닥에는 칠면조, 거위, 사냥감, 가금류, 살코기, 대형 고깃덩어리, 아기 돼지, 긴 줄 소시지, 민스파이, 자두 푸딩, 굴, 뜨겁게 구운 밤, 살이 통통한 사과, 즙이 많은 오렌지, 맛있는 배, 거대한 크리스마스 케이크, 끓어오르는 펀치 그릇들이 쌓여 있었고, 그로 인해 방 안은 맛있는 증기로 흐릿하게 가려졌다.

그 소파 위에는 보기에도 즐거운 거대한 거인이 앉아 있었다. 그 거인은 빛나는 횃불을 들고 있었고, 그 횃불은 풍요의 뿔처럼 생겼으며, 그것을 높이 들어 스크루지가 문 옆으로 기어들어 오는 모습을 비추었다.

"들어오세요!" 유령이 외쳤다. "들어오세요! 나를 더 잘 이해해 보세요!"

스크루지는 주저하며 들어가, 그 유령 앞에서 머리를 숙였다. 그는 예전의 완고한 스크루지가 아니었고, 유령의 눈이 명확하고 친절했음에도 불구하고 그 눈을 마주하고 싶지 않았다.

"나는 크리스마스의 현재 유령입니다." 유령이 말했다. "눈을 들어 나를 보세요!"

스크루지는 존경심을 담아 그것을 바라보았다. 그 유령은 간단한 초록색 망토를 입고 있었다. 이 망토는 그 몸에 느슨하게 걸쳐져 있었고, 그것의 넓은 가슴은 벌거벗겨져 있었으며, 어떤 장식도, 가리기 위한 어떤 기교도 없이 드러내고 있었다.

그 유령의 발은 망토 아래에서 드러나 있었고, 발 역시 벗겨져 있었다. 유령의 머리에는 겨우살이 화환이 얹혀 있었고, 그 위에는 빛나는 얼음 송이가 박혀 있었다. 유령의 어두운 갈색 곱슬머리는 길고 자유롭게 흘러내렸으며, 그의 얼굴은 그 무엇에도 구속받지 않는 밝고 쾌활한 모습이었다.

그의 눈빛은 반짝였고, 손은 열린 채로, 목소리는 유쾌하며, 표정은 자유로워 보였다. 그가 두른 고대의 칼집에는 칼이 없었고, 녹슬어 버린 칼집만 남아 있었다.

"당신은 나와 같은 모습을 본 적이 없을 겁니다!" 유령이 외쳤다.

"전혀 없습니다." 스크루지가 대답했다.

"내 가족 중에 어린 형제들과 함께 돌아다닌 적이 없었죠? (나는 아주 젊답니다) 내 형들은 최근에 태어난 형들입니다." 유령이 말을 이었다.

"아니요, 그런 적이 없었던 것 같습니다." 스크루지가 말했다. "유감스럽지만 그런 적이 없었어요. 유령님은 형제가 많으셨나요?" 스크루지가 물었다.

"1,800명이 넘습니다." 유령이 대답했다.

"대단한 수의 가족을 부양해야 했군요!" 스크루지가 중얼거렸다.

크리스마스의 현재 유령은 일어섰다.

"유령님." 스크루지가 순종적으로 말했다. "가고 싶은 곳으로 저를 인도해 주세요. 저는 어젯밤 강제로 나갔었고, 그때를 통해 큰 교훈을 배웠습니다. 오늘 밤, 만약 당신이 제게 가르칠 것이 있다면, 저는 그것을 배워가겠습니다."

"내 옷을 만져 보시죠!"

스크루지는 그 말 그대로 손을 뻗어 유령의 옷을 빨리 붙잡았다.

그러자 순식간에 모든 것들이 사라졌다. 호랑가시나무, 겨우살이, 붉은 열매, 담쟁이덩굴, 칠면조, 거위, 사냥감, 가금류, 살코기, 돼지, 소시지, 굴, 파이, 푸딩, 과일, 펀치, 방, 불, 붉은빛, 밤의 시간 모든 것이 사라졌고, 그들은 크리스마스 아침의 도시 거리 위에 서 있었다.

날씨가 차가운 이 아침, 사람들은 거친, 그러나 발랄하고 나쁘지 않은 종류의 음악을 만들며, 자신들의 집 앞 또는 지붕에서 눈을 긁어냈다.

집들의 정면은 새까맣게 보였고 창문은 그보다 더 어두

웠다. 이는 지붕 위에 얹힌 부드럽고 하얀 눈과 대조를 이루고 있었고, 땅 위에 깔린 더러운 눈과도 대비되었다. 그 더러운 눈은 마차와 수레의 무거운 바퀴가 지나가며 깊게 갈라놓은 고랑들로 뒤덮여 있었다.

그 고랑들은 큰 길이 갈라지는 곳마다 수백 번씩 교차하며, 두꺼운 누런 진흙과 얼음물 속에서 복잡하고 추적하기 어려운 경로를 만들어 놓았다. 하늘은 잔뜩 흐렸고, 짧은 골목길들은 음산한 안개로 가득 차 있었다. 그 안개는 반쯤 녹고 반쯤 얼어붙은 상태로, 무거운 입자들이 검댕 같은 먼지로 변해 비처럼 내리고 있었다.

마치 영국의 모든 굴뚝이 한마음으로 불이 붙어 타오르고 있는 듯한 광경이었다. 날씨도, 도시도 그리 쾌활함을 느낄 수 있는 모습은 아니었지만, 그럼에도 거리에는 어떤 활기가 감돌고 있었다. 가장 맑은 여름 하늘이나 가장 밝은 여름 태양조차 이처럼 퍼뜨리기 어려웠을 법한 생기였다.

지붕 위에서 눈을 치우는 사람들은 즐겁고 기쁨에 가득 차 있었다. 그들은 난간에서 서로를 부르며 때때로 웃긴 눈덩이를 주고받았다. 그것은 수많은 말로 된 농담들보다 훨씬 더 기분 좋은 미사일이었고, 눈덩이가 맞으면 웃음이 터졌고, 맞지 않으면 또다시 한바탕 웃음을 터뜨렸다.

가금류 가게는 아직 반쯤 열려 있었고, 과일 가게는 그들의 영광을 뽐내며 빛나고 있었다. 그곳에는 둥글고 배가 불룩한 밤나무 바구니들이 있었는데, 그것들은 마치 즐거운 할아버지의 조끼처럼 문 앞에 나란히 놓여 있으며, 그들의 과도한 풍요로움이 거리를 넘어서 튀어나오고 있었다.

또한 붉고 갈색 얼굴을 한 넓은 허리를 가진 스페인산 양파들이 있었다. 그들은 마치 스페인 수도사처럼 그들의 성장의 기름짐에 빛나며, 선반에서 이리저리 윙크를 보내며 지나가는 소녀들을 속삭이듯 바라보았다. 그들은 또 걸어 놓은 겨우살이를 부끄럽게 바라보기도 했다.

그곳에는 배와 사과가 피어나는 피라미드처럼 높은 곳에 쌓여 있었고, 상인들의 친절 덕분에 지나가는 사람들이 입에 침이 고일 수 있도록 눈에 띄는 후크에서 대롱대롱 걸려 있는 포도송이도 있었다. 그곳에는 고소한 향을 내뿜으며,

고대의 숲속 산책을 떠오르게 하는 향기로운 헤이즐넛이 잔뜩 쌓여 있었고, 고즈넉한 바닥에 흐트러진 낙엽 속을 깊숙이 걸으며 느꼈던 즐거움을 떠오르게 했다.

노르포크 비핀(배 모양의 사과)은 주황색과 레몬의 노란색을 돋보이게 하며, 그들의 육즙이 가득한 모습은 종이봉투에 담겨서 집에 가져가 저녁 후에 먹기를 간절히 부탁하는 듯했다. 심지어 금붕어와 은붕어도 선택된 과일들 사이에 놓여 있었다.

그들은 둔하고 정체된 피를 가진 존재들이었지만, 무언가가 일어나고 있다는 것을 알았던 듯, 그들의 작은 세상에서 천천히, 열정 없는 흥분 속에 한 바퀴씩 돌았다.

상점들은 거의 문을 닫고 있었다. 두 개의 셔터가 내려져 있거나, 하나만 내려져 있었다. 하지만 그 틈 사이로 보이는 장면들이 있었다! 그곳에서 눈에 띄는 것은, 카운터 위로 내려오는 저울이 즐거운 소리를 내고, 실과 롤러가 재빠르게 떨어지며, 통조림들이 마치 요술처럼 덜컹거리고 있었고, 차와 커피의 향기가 코를 간질였으며, 건포도는 풍성하고 드물게, 아몬드는 매우 하얗고, 시나몬 막대는 길고 곧았으며, 다른 향신료들은 맛있게 보였고, 설탕에 덮인 캔디 과일들은 보이는 이들을 모두 기분 나쁘게 만들지 않으려는 듯 뭉쳐 있었다.

*

무화과는 촉촉하고 과육이 가득하며, 프랑스 자두는 장식된 상자 속에서 부끄러운 산미를 드러내며 빨갛게 물들어 있었다. 모든 것이 크리스마스 옷을 입고 맛있게 보였지만, 그곳에서 사람들은 너무 서두르고 너무 기쁘게 기대에 찬 마음으로 문 앞에서 서로 부딪히며, 바구니를 마구 흔들면서 구매품을 카운터에 놓고는 다시 달려가서 그것을 찾고, 수백 번 같은 실수를 하면서도 최상의 기분을 유지하고 있었다.

상인과 직원들은 너무나도 솔직하고 신선하여, 그들이 에이프런을 묶을 때의 단단한 마음은 마치 그들 자신의 것이었고, 그것은 밖에서 모두가 볼 수 있도록 착용한 것처럼 보였고, 크리스마스를 맞아 새들이 쪼아도 괜찮을 듯한 모습이었다.

하지만 곧 종소리가 울리고, 사람들이 교회와 예배당으로 가기 위해 거리로 몰려들었다. 그들은 가장 좋은 옷을 입고 가장 즐거운 얼굴로 거리를 가득 메우며 다가갔다. 같은 시각, 수많은 작은 골목, 골목길, 이름 없는 좁은 길들에서 사람들이 빵집으로 저녁을 가져가는 모습이 나타났다.

크리스마스를 기념하며 저녁을 나르는 가난한 사람들의 모습이 아주 흥미로웠던지, 유령은 스크루지와 함께 빵집의 문 앞에 서서 그들이 지나갈 때마다 덮개를 열고, 그들의 저녁 위에 불빛을 뿌리며 향을 뿌렸다. 그 불빛은 아주 특별한 종류였다.

몇 번인가 저녁을 나르던 사람끼리 부딪칠 때마다 유령은 그들에게 물방울 몇 방울을 뿌렸고, 그들의 좋은 기분이 바로 되돌아왔다. 그들이 말하기를, 크리스마스 날에 싸우는 것은 부끄러운 일이라고 했다. 정말 그랬다! 신이 사랑하시기를, 정말로 그랬다!

시간이 지나 종소리가 멈추고, 빵집이 문을 닫았다. 그럼에도 모든 저녁의 조리 과정과 그들의 요리가 진행되는 모습이, 각 빵집의 오븐 위에 녹아내린 얼룩처럼 보이며, 인도는 마치 그 돌들이 요리되고 있는 것처럼 연기가 났다.

"그 횃불에서 뿌리는 것에 특별한 맛이 있습니까?" 스크루지가 물었다.

"있습니다. 나만의 맛이죠."

"지금 이 시대의 어느 곳에서도 통하는 맛입니까?" 스크루지가 물었다.

"친절하게 주어진 저녁이라면 모두 통합니다. 가난한 사람에게는 가장 잘 통하죠."

"왜 가난한 사람에게 가장 많이 통하나요?" 스크루지가 물었다.

"그들이 가장 많이 필요로 하기 때문입니다."

"유령님," 스크루지가 잠시 생각한 후 말했다. "나는 당신이 수많은 존재 가운데서 특별히 이 사람들이 느끼는 순수한 즐거움을 제한하고 싶어 하는 것을 이해할 수 없습니다.”

“나는!” 유령이 외쳤다.

“당신은 그들에게 일곱 번째 날마다 식사할 기회를 빼앗으려 하시나요? 그날만큼은 그들이 식사할 수 있는 유일한 날일 경우가 많습니다.” 스크루지가 말했다. “그렇지 않나요?”

“나는!” 유령이 외쳤다.

“그렇다면, 일곱 번째 날에 이런 장소들을 닫으려는 것이지요?” 스크루지가 말했다. “결국 아까와 같은 말이군요.”

“내가 추구하는 것은!” 유령이 외쳤다.

“제가 틀렸다면 용서해 주십시오. 그것은 당신의 이름으로, 아니면 적어도 당신 가족의 이름으로 행해졌다는 것을 아니까요.” 스크루지가 말했다.

“이 땅에 있는 어떤 사람들은.” 유령이 대답했다. “우리를 안다고 주장하며, 우리 이름으로 그들의 분노와 자랑, 악의와 증오, 시기와 편견, 이기심을 행합니다. 그들은 우리와 우리 가족과 전혀 관계가 없는 사람들이며, 그들은 마치 존재하지 않았던 사람처럼 다뤄야 할 존재입니다. 그 사실을 기억하고, 그들이 한 행동은 그들 자신이 책임지게 하십시오."

스크루지는 그 약속을 하였고, 그들은 다시 이전처럼 흐려지며, 마을의 외곽으로 나아갔다. 어쩌면 그것은 선한 유령이 자신의 능력을 자랑하는 즐거움이었을지도 모르고, 아니면 그의 친절하고 관대한 성격, 모든 가난한 사람에 대한 동정심이었을지도 모른다.

그래서 그는 스크루지를 데리고 바로 밥 크래치트의 집으로 향했다. 유령은 스크루지를 자신의 옷자락에 붙잡고 따라오게 하면서, 문턱에 서서 미소를 지으며 그 집에 횃불을 뿌려 축복을 내렸다. 생각해 보라! 밥은 일주일에 겨우 열다섯 개의 '밥'이 전부였다('밥'은 은어로 영국의 '실링' 동전을 의미한다). 토요일마다 그가 주머니에 넣을 수 있는 것은 그의 이름을 딴 열다섯 개의 동전뿐이었다. 그럼에도 크리스마스 현재의 유령은 그의 네 방짜리 집을 축복했다!

그때, 크래치트의 아내인 밥의 아내가 일어났다. 그녀는 오래된 드레스를 두 번 뒤집어 입었지만, 리본으로 장식된 모습은 굉장히 용감했다. 리본은 싸고도 보기 좋게 장식할 수 있는 것들로, 6펜스로 멋을 낼 수 있었다. 그녀는 테이블 보를 깔았는데, 두 번째 딸인 벨린다 크래치트가 도왔으며, 마스터 피터 크래치트는 포크를 감자 솥에 찔러 넣었다.

그는 커다란 셔츠 칼라의 끝을 입에 물고서는 자신이 이렇게 멋지게 차려입었다는 것에 기뻐하며, 패션의 공원에서 자랑하고 싶어 했다. 그때, 두 명의 더 작은 크래치트들이, 한 남자아이와 여자아이, 빵집 앞에서 거위 냄새를 맡았고 그것이 자신들의 것임을 알았다고 소리치며 뛰어 들어왔다.

세이지와 양파로 가득한 생각에 빠져 있던 그들은 테이블 주위를 돌며 마스터 피터 크래치트를 하늘로 치켜세웠다. 그는 자랑스럽지 않지만, 칼라가 목을 조이는 가운데 불을 지피며 감자가 뚝뚝 끓어오르기 시작하자 솥뚜껑을 두드려 나오기를 기다렸다.

"너의 소중한 아빠는 도대체 어디 있니?"라고 크래치트의 아내가 말했다. "그리고 네 동생, 타이니 팀은! 작년 크리스마스에 마르다는 반 시간이나 늦고 그러지 않았잖니?"

"마르다 여기 있어요, 엄마!" 한 소녀가 말하며 나타났다.

"마르다 여기 있어요, 엄마!" 두 어린 크래치트들이 소리쳤다. "야호! 마르다, 정말 맛있는 거위야!"

"아이고, 살아있었구나, 내 사랑, 왜 이렇게 늦었니?"라고 크래치트의 아내가 말했다. 그녀는 마르다에게 열두 번도 넘게 키스를 하며, 그녀의 숄과 모자를 열심히 벗겨주었다.

"어젯밤에 일을 많이 마쳐야 했어요," 마르다가 대답했다. "그리고 오늘 아침에 정리해야 했어요, 엄마!"

"그래! 너만 오면 됐다." 크래치트의 아내가 말했다. "불 앞에 앉아 있거라, 내 사랑. 따뜻하게, 신이 복을 주시길!"

"안돼, 이럴 수가! 아버지가 오고 있어요." 두 어린 크래치트들이 요리조리 뛰며 소리쳤다. "숨어, 마르다, 숨어!"

마르다는 숨어버렸고, 그 사이에 아버지, 밥이 들어왔다. 그의 목도리는 끝에서부터 최소한 세 피트는 내려졌고, 그의 다 해진 옷들은 겨우 바느질과 솔질로 이번 시즌에 맞게 꾸며졌다. 타이니 팀은 그의 어깨에 앉아 있었다. 불쌍한 타이니 팀은 작은 목발을 짚고, 철제 프레임에 의해 다리가 지탱되고 있었다.

"어이, 마르다는 어디 있지?" 밥 크래치트가 주위를 살펴보며 말했다.

"안 왔어요." 크래치트의 아내가 대답했다.

"안 왔다고?" 밥이 흥분하며 말했다. 그가 교회에서부터 타이니 팀을 안고 한 마리의 순혈 종마가 된 것 같이 맹렬히 달려왔기 때문이다. "크리스마스 날에 안 온다고?"

마르다는 농담으로라도 아버지가 실망하는 걸 보기 싫었다. 그래서 그녀는 미리 옷장 문 뒤에서 나오며 아버지의 품에 달려들었다. 그 사이에 두 어린 크래치트들은 타이니 팀을 부축하며 세탁실로 데려가, 푸딩이 구리 냄비 속에서 끓는 소리를 들려주었다.

"타이니 팀은 어땠어요?" 크래치트의 아내가 물었다. 밥이 그의 순진함을 이야기하고, 밥이 마르다를 품에 안을 때, 그녀는 다시 물었다.

"황금같이 착했어요." 밥이 대답했다. "그리고 그 이상으로 잘했지요. 가끔은 혼자 앉아 있다가 생각을 많이 하더라고요. 정말 기묘한 생각을 해요. 집에 오면서 그가 말했어요. 사람들이 그를 교회에서 봤으면 좋겠다. 왜냐하면 그는 불구였고, 크리스마스 날에 그들이 기억할 수 있었으면 좋겠다고, 그런 사람이 걷게 하고, 눈먼 사람들을 보게 하신 분이 누구인지 말이에요."

밥의 목소리는 떨렸고, 그는 타이니 팀이 강하고 건강해지고 있다고 말할 때, 목소리가 더 떨렸다.

그때 타이니 팀의 작은 목발 소리가 들리더니, 그가 말을 마치기도 전에 다시 돌아왔다. 그는 형제와 자매에 의해 불 앞의 작은 의자에 앉히게 되었다. 그때, 밥은 소매를 돌리며, 그가 얼마나 재미있게 보일 수 있을까 하는 생각으로 혼자 미소 짓고 있었다.

그는 열정적으로 혼합물을 만들기 시작했고, 그 혼합물은 불 앞에서 서서히 끓기 시작했다. 마스터 피터와 두 어린 크래치트는 거위를 가져오기 위해 출발했고, 곧 그것을 높이 들었다.

그런 소란 속에서, 거위는 정말로 드문 새처럼 보였다. 마치 그 집에서는 검은 백조가 일상적인 존재인 듯, 거위는 그 집에서 그런 존재였다. 크래치트의 아내는 (작은 소스 팬에 미리 준비해 놓았던) 그레이비를 뜨거운 상태로 부어 놓았고, 마스터 피터는 엄청난 힘으로 감자를 으깨고 있었다.

벨린다 양은 사과 소스를 단맛이 나도록 만들었고, 마르다는 뜨거운 접시를 닦고 있었다. 밥은 타이니 팀을 옆에 두고 앉혔다. 두 어린 크래치트는 모두를 위해 의자를 준비했다. 그리고 그들 자신도 빠짐없이 의자에 앉으며, 거위가 서빙될 때까지 소리칠 듯이 숟가락을 입에 넣었다.

마침내 요리가 다 차려졌고, 기도가 시작되었다. 그 후에는 숨 막힐 듯한 침묵이 흐르고, 크래치트의 아내는 칼을 잡고 조심스럽게 거위 가슴에 칼을 넣었다. 그리고 드디어 기다리던 속이 찬 내용물이 흘러나왔고, 식탁 위에서는 한목소리로 기쁨의 소리가 터져 나왔다. 타이니 팀은 두 어린 크래치트들에 의해 식탁을 두드리며 약하게 "야호!" 하고 외쳤다.

혹시 그것이 잘되지 않으면 어떡하겠는가! 혹시 그걸 뒤집으려다가 깨져버리면 어떡하겠는가! 혹시 누군가가 뒷마당 담을 넘어가서 그것을 훔쳐 갔다면 어떡하겠는가! 그들이 거위에 대해 기뻐하고 있을 때 말이다. 이런 가정에 두 명의 어린 크래치트의 얼굴이 순간 겁에 질렸다. 모든 종류의 공포들이 가정되었으니 말이다.

*

짜잔! 엄청난 증기! 푸딩이 냄비에서 나왔다. 세탁하는 날처럼 냄새가 났다! 그것은 천이었다. 식당과 제과점이 옆에 붙어 있는 듯한 냄새, 그리고 그 옆에는 세탁소가 있는 듯한 냄새! 그게 바로 푸딩이었다! 반 분도 채 지나지 않아 크래치트 부인이 들어왔다.

얼굴이 붉어졌지만 자랑스러움이 묻어나는 미소를 띠며 푸딩을 들고, 마치 얼룩덜룩한 대포알처럼 단단하고 견고하게, 반 술잔 분량의 불붙은 브랜디를 뿌려놓고. 그 위에 크리스마스 호랑 가시가 꽂혀 있었다.

"아, 정말 훌륭한 푸딩이군!" 밥이 말했다. 그리고 차분하게도, 결혼 이후로 가장 성공적인 푸딩이라고 생각했다. 크래치트 부인은 이제 마음의 짐이 덜어졌으니, 밀가루 양이 충분할지 의심했다고 고백했다. 모두가 그것에 대해 뭐라고 말했지만, 아무도 그것이 많은 가족에 비해 작은 푸딩이라고 생각하지 않았다.

그런 말을 꺼내는 것은 대단히 이단적인 일이었을 것이다. 어느 크래치트라도 그런 말을 살짝이라도 언급하는 것은 부끄러웠을 것이다.

마침내 저녁이 끝나고, 식탁이 정리되고, 벽난로는 쓸려졌으며, 불이 새로 피워졌다. 조리된 음료는 맛있었고, 사과와 오렌지가 식탁에 놓였고, 불에 가슴을 올린 밤송이들이 놓였다. 그 후 크래치트 가족은 벽난로 주위에 모였는데, 밥이 그것을 "둥근 원."이라고 불렀다,

사실 그것은 반원이었다. 그리고 밥의 팔꿈치 쪽에는 가

족의 유리잔들이 놓여 있었다. 두 개의 유리잔과 손잡이가 없는 커스터드 컵이었다.

그럼에도 그것들은 마치 금잔처럼 뜨거운 음료를 잘 담아 내었고, 밥은 환한 미소로 그것을 나누어 주었다. 불 위에서 밤송이들이 지글지글 소리를 내며 터졌다. 그때 밥이 말했다.

"우리 모두에게 메리 크리스마스! 사랑하는 내 가족들. 신께서 우리를 축복하시길!"

가족 모두가 그 말을 반복했다.

"신께서 우리 모두를 축복하시길!" 마지막으로 말한 것은 작은 팀이었다.

그는 아버지 밥의 옆에 아주 가까이 앉아 있었다. 밥은 그의 시든 작은 손을 쥐고 있었다, 마치 아이를 사랑하듯, 그를 옆에 두고 싶어 하며, 그가 자신에게서 떨어질지 두려워 하는 듯한 모습이었다.

"유령님." 전에는 느낀 적 없던 흥미를 느끼면서 스크루지가 말했다. "무슨 일이 있어도 팀은 살 거라고 말해 주십시오."

"나에겐 텅 빈 자리가 보입니다." 유령이 대답했다. "가난한 굴뚝 모퉁이에, 주인이 없는 지팡이가 소중히 보존된 걸 봅니다. 만약 이 그림자들이 미래에 의해 바뀌지 않는다면, 그 아이는 죽을 겁니다."

"안돼, 안 돼요!" 스크루지가 말했다. "오, 안 됩니다, 친절한 유령님! 그가 살아날 것이라고 말해 주세요."

"만약 이 그림자들이 미래에 의해 바뀌지 않는다면 내 후손 중 누구도." 유령이 대답했다. "그를 여기서 발견하지 못할 겁니다. 그럼 어떡할까요? 그가 죽을 운명이라면, 그는 죽는 것이 더 나을 것입니다, 그리고 잉여 인구를 줄이게 되겠죠."

스크루지는 자신이 한 말을 유령에게 인용당하고 나서 머리를 숙였고, 회개와 슬픔에 사로잡혔다.

"인간이여." 유령이 말했다. "만약 당신이 마음속까지 인간이라면, 돌처럼 단단하지 않다면, 그 악한 헛소리를 멈추십시오. 당신이 무엇이 과잉 인구인지, 그것이 어디에 있는지를 발견할 때까지. 당신이 사람을 살리거나 죽일지 감히

결정할 것입니까? 어쩌면 하늘의 눈에 그대는 이 가난한 사람의 아이들보다 더 가치 없고, 살 자격이 없는 존재일지도 모르겠군요. 오, 신이시여! 잎사귀 위의 벌레와 같은 자가 그 배고픈 형제들을 보며 입이 너무 많다고 말하는 소리를 듣고 있습니다!"

스크루지는 유령의 질책에 굴복하며 떨리는 몸으로 땅을 바라보았다. 그러나 그는 자기 이름을 듣고 재빨리 눈을 들었다.

"스크루지 씨!" 밥이 말했다. "내가 우리 가족을 먹여 살리시는 스크루지 씨를 데려오겠어!"

"우릴 먹여 살리시는 분이라고요!" 크래치트 부인이 얼굴을 붉히며 외쳤다. "난 그 분이 여기 있었으면 좋겠어요. 그 분에게 내 마음을 담아 한 조각을 먹이고 싶어요, 그리고 그 분이 우리 음식을 맛있게 먹기를 바라요."

"여보." 밥이 말했다. "얘들아! 크리스마스 날이란다."

"그렇겠죠, 크리스마스 날은 그런 거죠," 그녀가 말했다. "그런 미운, 인색하고, 무정한 사람인 스크루지 씨의 건강을

기원해야 하는 날이니까요. 당신도 잘 알잖아요, 밥! 당신보다 그를 잘 아는 사람이 없죠, 불쌍한 사람 같으니!"

"여보." 밥은 부드럽게 대답했다. "크리스마스 날이에요."

"난 당신을 위해, 그리고 그날을 위해 그 사람의 건강을 기원할게요." 크래치트 부인이 말했다. "그 사람을 위해서는 아니지만요. 그가 오래 살기를! 메리 크리스마스, 새해 복 많이 받기를! 그 사람은 아주 기쁘고 행복할 거예요, 의심할 여지 없어요!"

아이들은 그 뒤로 건배를 따라 했지만, 그들의 행위에는 따뜻함이 없었다. 작은 팀이 마지막으로 건배했지만, 대화에 대해 전혀 신경 쓰지 않았다. 스크루지는 그 가정의 괴물 같았다. 그의 이름이 언급되자, 그 파티는 한동안 어두운 그림자 속에 빠져들었다. 그 그늘은 오 분이 지나기 전까지 사라지지 않았다.

그 그림자가 사라진 뒤, 그들은 그 전보다 열 배나 더 기뻐했다. 스크루지라는 불행한 존재가 다 지나가고 나서야 얻은 안도감 덕분이었다. 밥은 마스터 피터에게 매주 오십 오 펜스를 벌 수 있는 일자리가 있다고 말하며, 그 일이 잡히면 좋겠다고 말했다.

두 어린 크래치트는 피터가 사업가가 될 것이라는 생각에 엄청나게 웃었고, 피터는 그의 넥타이를 높이 올리며 불을 응시했다, 마치 그가 그 수입으로 무엇을 투자할지 생각하는 것처럼. 마사 즉, 밀리너에서 일하는 가난한 제자는 그녀가 얼마나 많은 일을 했는지, 얼마나 오랜 시간 동안 일했는지를 말했고, 내일 아침에는 푹 쉬기로 했다고 말했다. 내일은 집에서 보내는 휴일이기 때문이다.

또한 며칠 전에 그녀가 어떤 백작과 백작 부인을 봤다고 말하며, 그 백작은 "피터랑 거의 똑같이 키가 컸다."라고 말했다. 그러자 피터는 그의 넥타이를 높이 올렸는데, 만약 그곳에 있었다면 너무 커서 그의 머리를 볼 수 없었을 것이다. 그동안 밤송이와 조리된 음료는 계속해서 돌고 있었다. 그리고 작은 팀은 곧 매우 슬픈 목소리로 눈 속에서 길을 잃은 아이에 관한 노래를 부르기 시작했다.

그곳에는 특별히 두드러진 점이 없었다. 그들은 잘생긴 가족도 아니었고, 잘 차려입은 가족도 아니었다. 그들의 신발은 절대 방수되지 않았고, 옷은 아주 많지 않았으며, 피터는 아마도, 그리고 매우 가능성 높게도, 전당포의 내부를 잘 알고 있었을 것이다.

하지만 그들은 행복했고, 감사하며, 서로에게 만족해했고, 그 순간에 만족했다. 그리고 그들이 사라질 때, 크리스마스 정신의 등불이 밝게 비치면서 더 행복해 보였는데 스크루지는 그들을 지켜보았다. 특히 마지막까지 작은 팀에게 집중했다.

그때쯤 어두워지고, 눈이 많이 내리고 있었다. 스크루지와 유령이 거리를 걸을 때, 부엌, 거실, 각종 방에서 타오르는 불빛이 엄청나 보였다. 여기저기서 불꽃이 튀며 아늑한 저녁 식사를 준비하는 모습이 보였고, 뜨겁게 달군 접시들이 불 앞에서 익고 있었으며, 깊고 붉은 커튼이 차가운 어둠을 차단하려 준비하고 있었다.

아이들은 눈 속으로 달려가, 결혼한 형제자매들과 사촌들, 삼촌들, 이모들을 맞이하려 했다. 또 어떤 집에서는 손님들이 모여들고 있었고, 멋진 여자아이들이 모자와 털 부츠를 신고 떠났는데, 그들의 밝은 모습은 마치 마법의 여자들 같았다. 불행한 독신 남자는 그 모습을 보고 안타까워할 지경이었다.

하지만, 친근한 모임으로 가는 사람들의 수를 보면, 마치 그들이 도착했을 때 아무도 그들을 맞아줄 사람이 없는 것처럼 보였을 것이다. 그 모든 집들이 손님을 기다리며, 벽난로는 거의 천장까지 불타고 있었다. 그 장면에 크리스마스 유령이 얼마나 기뻐했는지! 유령은 가슴을 활짝 펴고, 넓은 손바닥을 펼치며 떠나갔다.

그 손은 밝고 무해한 기쁨을 주변 모든 곳에 쏟아내며 떠났다. 전등을 달고 등불을 밝히며 길을 가는 사람이 지나가자 크게 웃었다. 그는 그와 함께하는 것이 크리스마스밖에 없다는 것도 몰랐다.

그리고 이제, 크리스마스 유령은 말없이 스크루지를 데리고 황량한 불모의 모어(고원지대)로 갔다. 거기에는 거대한 돌덩이들이 흩어져 있어 마치 거인의 묘지처럼 보였다. 얼음이 그곳에 있던 물을 가두고, 그곳에서 자라는 것이라고는 이끼와 찔레 풀, 그리고 거친 잡초만이 있었다.

서쪽 하늘에서는 해가 지고 붉은 불빛이 황폐한 땅을 스쳤다. 그것은 마치 잠시 성난 눈처럼 이곳을 비추었고, 서서히 더 낮게 가라앉으며, 결국 어둠 속으로 사라졌다.

*

"이곳은 어디인가요?" 스크루지가 물었다.

"광부들이 살고 있는 곳입니다. 그들은 땅속 깊은 바닥에서 일을 하죠." 유령이 대답했다. "그들은 나를 압니다. 보시죠!"

한 오두막 창문에서 빛이 비쳤고 그들은 빠르게 그곳으로 향했다. 그들은 진흙과 돌로 된 벽을 통과해 안으로 들어갔고, 그곳에서 불타는 불 앞에 둘러앉은 기쁜 가족을 발견했다. 한 노인이 그들을 위해 크리스마스 노래를 부르고 있었고, 그 노래는 그가 어린 시절부터 부르던 아주 오래된 노래였다.

때때로 모두가 함께 합창했고, 그 노인은 목소리가 커질수록 기쁘고 힘차게 불렀다. 하지만 그들이 노래를 멈추면 그의 목소리도 서서히 약해졌다.

유령은 그곳에 오래 머물지 않았고, 스크루지에게 그의 옷자락을 잡으라고 하고 다시 황야 위를 지나갔다. 어느덧

바다로 향해 달려갔다. 스크루지는 그들이 바다로 향하고 있다는 사실에 깜짝 놀랐다. 그가 뒤돌아보니, 땅은 이미 먼 섬이었고, 물은 천둥처럼 몰아쳤으며, 그 물은 끊임없이 땅을 뒤흔들려고 하고 있었다.

그들은 바위 위에 세운 외딴 등대에 다다랐다. 물결은 끊임없이 그 바위에 부딪히며, 바위 기슭에 붙은 해초들은 풍랑에 휘말렸다. 그곳에서 두 남자가 등대를 지켜보며 불을 지피고 있었다. 그들은 거친 손을 맞잡고 크리스마스를 기원하며 고래기름을 따랐다. 그중 한 명은 바람에 닳고 상처 입은 얼굴을 가진 노인이었고, 그가 부른 노래는 강한 바람처럼 울려 퍼졌다.

유령은 다시 움직였고, 스크루지를 데리고 바다 위를 비행하며 계속 나아갔다. 그들은 이제 멀리 떨어진 배 위에 서 있었다. 그곳에서 한 명의 선장이 바퀴를 잡고 있었고, 다른 이들은 잠시 기다리고 있었다. 그들 모두는 크리스마스의 노래를 흥얼거리며 서로에게 그날을 떠올리고 있었다. 그들은 모두 그날을 기억하며 친절한 말을 나눴다.

그때, 바람이 휘몰아치는 가운데 스크루지는 문득 자신이 깜짝 놀랄 만큼 크리스마스를 기념하는 웃음을 들었다. 그 웃음은 조카의 웃음이었고, 스크루지는 밝고 건조한 방에 있었는데, 크리스마스 유령이 그의 옆에 서서 조카를 친근한 표정으로 바라보는 모습을 보았다.

"하하!" 스크루지의 조카가 웃었다. "하하!"

혹시라도 아주 드문 기회에, 스크루지의 조카보다 웃음으로 더 복을 받은 남자를 알게 된다면, 내가 할 수 있는 말은 그 사람을 나에게 소개해달라는 것이다. 그를 소개해 주면 나는 그의 친구가 되어 보겠다.

질병과 슬픔에 전염성이 있다는 것처럼, 세상에서 웃음과 유쾌함 만큼 저항할 수 없을 정도로 전염성 있는 것은 없다고 생각한다. 스크루지의 조카가 이렇게 웃을 때, 옆구리를 움켜잡고, 머리를 흔들며, 얼굴을 가장 기상천외한 표정으로 비틀 때, 스크루지 조카의 아내도 그와 똑같이 큰소리로 웃었다. 그리고 그들의 친구들도 뒤처지지 않고 힘차게 웃음을 터뜨렸다.

"하하! 하하하!"

"그가 크리스마스는 헛소리라 했다고. 내가 살아 있는 한 말이야!" 스크루지의 조카가 외쳤다. "그걸 정말 믿었어!"

"그에게 더 부끄러운 일이지, 프레드!" 스크루지 조카의 아내가 분개하며 말했다. 그 여인들은 정말 대단했다. 절대 반만 하는 법이 없었다. 언제나 진지했다.

그녀는 매우 예뻤다. 지나칠 정도로 예뻤다. 놀란 듯한 표정이 어울리는 예쁜 얼굴, 입술이 앙증맞고, 입맞춤 받기 위해 태어난 듯한 그 입, 웃을 때마다 서로 이어지는 턱에 있는 귀여운 점들, 그리고 세상에서 가장 맑고 맑은 눈을 가진 모습. 모두가 알다시피 그녀는 사람을 자극할 정도로 귀엽지만, 그렇다고 불쾌하지는 않았다. 정말 완벽하게 만족스러웠다.

"그는 참 우스운 노인네야." 스크루지의 조카가 말했다. "그건 사실이야. 그리고 좀 더 쾌활해지면 좋겠지. 하지만 그의 잘못은 스스로 그 대가를 치르고 있으니, 내가 그에게 뭐라고 할 수는 없겠어."

"그는 정말 부자일 거야, 프레드." 스크루지 조카의 아내가 넌지시 말했다. "적어도 넌 늘 그렇게 말하잖아."

"그게 무슨 상관이야, 내 사랑!" 스크루지의 조카가 대답했다. "그의 재산은 그에게 아무 소용이 없어. 그는 그것으로 아무런 선을 이루지 않아. 그것으로 자신을 편안하게 만들지 않아. 그가 그것을 가지고 우리에게 뭔가 해 줄 것으로 생각하는 만족감이 없다니 하하하!"

"그는 참을 수가 없어." 스크루지 조카의 아내가 말했다. 스크루지 조카의 아내, 여동생들과 다른 여자들도 모두 같은 의견을 내놓았다.

"아, 나는 그를 안타까워해." 스크루지의 조카가 말했다. "그에게 화를 낼 수가 없어. 내가 정말 그를 화나게 하려고 해도, 그런 일은 없을 거야. 그가 우리를 싫어한다고 생각하고, 우리와 함께 즐겁게 지내지 않으려 한다 해도, 그가 잃는 건 사실 별것 없으니까."

"실제로 그는 아주 좋은 저녁을 놓친 것 같아요." 스크루지 조카의 아내가 말을 끊었다. 다른 사람들도 모두 그렇게 말했다. 그들은 저녁을 마친 후 디저트가 놓인 테이블 주위에 모여 불빛 속에서 웃고 있었다.

"그래! 그 말 들으니 좋구나." 스크루지의 조카가 말했다. "왜냐하면 나는 이런 젊은 주부들에 대해 그렇게 큰 신뢰를 한 적이 없거든. 어떻게 생각해, 토퍼?"

토퍼는 분명히 스크루지 조카의 여동생 중 한 명에게 관심이 있던 것 같았다. 그는 독신자가 그 주제에 대해 의견을 표현할 자격이 없다고 말했다. 그러자 스크루지 조카의 여동생(레이스 터커를 입고 있는 통통한 여자가) 얼굴이 붉어졌다.

"계속 말해봐, 프레드." 스크루지 조카의 아내가 손뼉을 쳤다. "그는 시작한 말을 끝내지 않아! 정말 우스꽝스러운 사람 같아!"

스크루지 조카는 또 한 번 웃음을 터뜨렸다. 그리고 웃음이 전염되기 시작했고, 비록 통통한 여동생이 그 향기 나는 식초로 그 웃음을 막으려 했지만, 결국 모두가 그를 따라 웃었다.

"그냥 말하려던 건." 스크루지의 조카가 계속해서 말했다. "그가 우리를 싫어하고 우리와 즐겁게 보내지 않는 결과는, 그가 아무런 해를 입지 않는 즐거운 순간을 잃게 된다는 거야. 나는 그가 자기의 생각 속에서나, 썩은 사무실이나 먼지 쌓인 방에서보다 훨씬 더 좋은 사람들과 시간을 보낼 수 있다고 생각해. 나는 매년 그에게 같은 기회를 줄 거야. 그가 원하든 말든. 그가 크리스마스를 욕한다고 해도, 내가 매년 좋은 기분으로 그곳에 가서 "스크루지 삼촌, 어떻게 지내세요?"라고 말한다면 그는 어떻게든 크리스마스를 더 좋게 생각하게 될 거야. 그가 크리스마스를 싫어한다고 해도, 내 말은 그가 내년에도 나와 함께 그 기회를 얻게 될 거라는 거야. 그저 가난한 직원에게 오십 파운드라도 남겨줄 마음이 들게 했다면, 그것만으로도 다행인 거야. 어제 내가 그를 흔들어 놓은 것 같거든."

그들은 이제 스크루지를 흔들었다는 생각에 또 한 번 웃었다. 그러나 모두가 매우 유쾌한 사람들이었고, 무엇을 웃더라도 상관하지 않았다. 그들은 웃음을 이어가며 기꺼이 술을 나누었다.

저녁 식사 후, 그들은 음악을 했다. 그들은 음악적인 가족이었고, 그들이 부르는 글리나 캐치(합주곡의 일종)에는 정말 익숙했다. 특히 토퍼는 베이스로 깊게 울리며 노래할 수 있었고, 그로 인해 머리에서 핏줄이 튀거나 얼굴이 빨개지지 않았다.

스크루지 조카의 아내는 하프를 잘 쳤고, 그중에서도 과거 크리스마스의 유령이 보여준 것처럼, 스크루지를 학교에서 데려왔던 아이가 기억하는 간단한 곡을 연주했다. 그 곡을 들으면서 스크루지는 크리스마스의 유령이 보여준 것들을 생각하며 점점 더 부드러워졌고, 예전처럼 자비와 친절을 키웠다면 자기 행복을 손쉽게 얻을 수 있었을 텐데 하는 생각이 들었다.

하지만 그들은 저녁 내내 음악만 하지 않았다. 잠시 후, 그들은 '벌칙 게임'을 시작했다. 가끔은 아이처럼 즐기는 것도 좋다. 특히 크리스마스 때처럼 말이다. 하지만 먼저, '눈먼 사람의 술래잡기'를 시작했다. 물론 토퍼가 정말 눈이 멀었다고 믿지 않는다. 내가 생각하기에 그건 스크루지의 조카와 그가 미리 계획한 것이었고, 크리스마스의 유령은 그걸 알고 있었다.

스크루지의 조카는 '눈먼 사람의 술래잡기' 게임에는 참여하지 않았지만, 아늑한 구석에 있는 큰 의자에 앉아 발은 발 받침에 얹어 편안히 쉬고 있었다. 그곳에는 유령과 스크루지가 가까이 있었지만, 그녀는 '벌칙 게임'에는 참여했고, 알파벳의 모든 글자를 이용해 사랑을 아낌없이 표현했다.

또한 '어디서, 언제, 어떻게' 게임에서도 뛰어난 실력을 보였고, 스크루지의 조카는 기쁘게도 그녀가 다른 여동생들을 훨씬 능가하는 것을 지켜보았다. 그 여동생들도 예리한 여학생들이었고, 토퍼는 그것을 증명할 수 있었다. 그곳에는 젊은 사람과 나이 든 사람이 함께 있었고, 스크루지도 그들 중 하나였다.

*

그는 자신이 소리 없이 말하고 있다는 사실을 완전히 잊은 채, 가끔 큰소리로 정답을 맞혔다. 그는 어떤 문제도 날카롭게 맞힐 만큼 똑똑했고, 아무리 둔하다고 생각해도 그 날카로움은 그대로였다.

유령은 스크루지가 이 상태에서 행복해하는 것을 보고 매우 기뻐했다. 스크루지는 마치 어린아이처럼 그렇게 좋아했기에 손님들이 떠날 때까지 함께 있어도 되냐고 간청했다. 하지만 유령은 그것이 불가능하다고 말했다.

"새로운 게임을 하나 제안할게요." 스크루지가 말했다. "단 한 시간만! 유령님, 오직 한 시간만!"

그것은 "예."와 "아니오." 게임이었다. 스크루지의 조카가 무엇을 생각하는지 맞히는 게임이었다. 나머지 사람들은 그에게 "예, 아니오"로만 대답을 들으며 그가 생각하는 것을 추측해야만 했다.

그것은 동물인데 살아있는 동물, 다소 불쾌한 동물, 사나운 동물, 가끔 으르렁거리고 끙끙거리는 동물, 때때로 말하는 동물이었다. 또한 런던에 살고, 거리를 돌아다니며, 전시되지 않고, 누구에게도 끌려다니지 않으며, 동물원에 살지 않는 동물이었다. 말이나 당나귀, 소나 황소, 호랑이나 개, 돼지, 고양이나 곰이 아니었다.

그가 이 모든 질문에 대답할 때마다 그의 조카는 또 한 번 크게 웃음을 터뜨리며, 너무 웃겨서 소파에서 일어나 발을 구를 정도였다. 결국 통통한 여동생이 비슷한 상태에 빠져 외쳤다.

"알겠어! 내가 알았어, 프레드! 그게 무엇인지 알겠어!"

"그래 뭔데?" 프레드가 물었다.

"그건 바로 너의 스크루-우-우-우-우지 삼촌이야!"

그것이 바로 그가 생각했던 대로였다. 모든 사람은 감탄했지만, 몇몇은 "그게 곰이냐?"라는 질문에 대해 "예."라고 답했어야 한다고 주장했다. 만약 부정적인 대답이 나왔다면, 그들은 스크루지를 떠올릴 수 없었을 거로 생각했다.

"그는 정말 많은 즐거움을 주었지." 프레드가 말했다.

"그의 건강을 위해 술을 마시지 않는다면 그것은 배은망덕한 일이야. 지금 바로 이 술이 준비되어 있으니 다 같이 스크루지 삼촌을 위하여!"

"그래! 스크루지 삼촌을 위하여!" 모두가 외쳤다.

"메리 크리스마스! 그리고 새해 복 많이 받으세요, 늙은이. 그가 무엇이든지 간에!" 스크루지의 조카가 말했다. "그가 내게서 받지 않겠지만, 그래도 그에게 주어지기를 바랍니다. 스크루지 삼촌!"

그때 스크루지는 자신도 모르게 너무 즐거워서, 이 무의미한 기분에 감사의 말을 전하며 돌아주려 했지만, 유령은 그에게 시간을 주지 않았다. 결국 그 장면은 조카의 마지막 말과 함께 끝났고 그와 유령은 다시 여행을 떠났다.

그들이 본 것과 간 곳은 많았고, 그들이 방문한 가정도 수없이 많았다. 그러나 항상 그 끝은 행복했다. 유령은 병상 옆에 서 있었고, 그들은 기운을 내었으며, 외국에서도 그들은 가까운 곳에 있었고, 고군분투하는 이들에게도 희망을 주었고 가난한 사람들에게도 부유함을 주었다.

궁핍한 집, 병원, 감옥 등 어디에서든 사람의 작은 권위가 유령을 막지 못한 곳이라면, 그곳에 유령은 자신의 축복을 남기고 스크루지에게 교훈을 주었다.

긴 밤이었다. 그것이 밤이라면 말이다. 그러나 스크루지는 확신할 수 없었다. 왜냐하면 크리스마스 연휴는 그들이 함께 보낸 시간에 압축된 것처럼 느껴졌기 때문이다. 또한 스크루지는 자신이 외형적으로는 변하지 않았음에도 불구하고, 유령이 점점 나이를 먹어가고 있음을 깨달았다.

그는 이 변화를 눈치챘지만, 그것에 대해 말하지 않았다. 그들이 어린이들의 '12월 6일 밤' 파티를 떠날 때쯤, 스크루지는 유령의 머리카락이 회색이 되어 있음을 알아차렸다.

"유령의 인생은 그렇게 짧은가요?" 스크루지가 물었다.

"내가, 이 세상에서 살 수 있는 시간은 아주 짧아요." 유령이 대답했다. "오늘 밤, 끝나게 될 거예요."

"오늘 밤이라고요!" 스크루지가 외쳤다.

"오늘 밤 자정이에요. 들리나요! 때가 다가오고 있어요."

그 순간, 시계 종이 11시 45분을 치고 있었다.

"내가 묻는 것이 정당하지 않다면 용서해 주세요." 스크루지가 유령의 옷자락을 유심히 보며 말했다. "하지만 저는 당신의 옷에서 이상한 것이 나와 있는 걸 봤어요. 그게 발인지 아니면 발톱인지요?"

"그건 발톱일 수 있어요. 거기 살이 붙어 있으니까요." 유령이 슬프게 대답했다. "여기 보세요."

유령은 자신의 옷자락에서 두 명의 아이를 끌어내었다. 그 아이들은 비참하고, 비굴하고, 무섭고, 흉측하며, 가련했다. 그들은 유령의 발치에 무릎을 꿇고, 유령의 옷자락을 꼭 붙잡고 있었다.

"오, 이런! 여기 좀 보세요! 여기, 여기, 아래를 보세요!" 유령이 외쳤다.

그들은 소년과 소녀였다. 누렇게 변하고, 마르고, 누더기를 입고, 찡그린 얼굴을 한 채, 마치 늑대처럼 으르렁거리는 모습이었다. 하지만 그들의 모습은 겸손 속에 무릎을 꿇고 있었다.

젊음이 그들의 얼굴을 채우고 신선한 색조로 빛나야 했

던 곳에는, 나이가 든 손처럼 축축하고 주름진 손이 그들을 짓누르고 비틀며, 그들을 찢어놓았다. 천사가 그들 위에 앉을 수 있었던 자리에는 악마들이 숨어 있었고, 위협적인 표정으로 그들을 노려보고 있었다.

창조의 신비 속에서 인류의 모든 타락과 변형, 부패가 있다고 하더라도, 이보다 더 끔찍하고 두려운 괴물들은 없을 것이다.

스크루지는 깜짝 놀라 뒤로 물러섰다. 그 아이들이 그런 모습으로 자신 앞에 나타난 것을 보고, 그가 괜찮은 아이들이라고 말하려 애썼지만, 그 말은 그의 입에서 스스로 멈춰 버렸다. 마치 그런 엄청난 거짓말에 동참하기를 거부하는 것처럼.

"유령님! 그들은 당신의 아이들인가요?" 스크루지는 더 이상 말을 이을 수 없었다.

"이 아이들은 인간의 자식들입니다." 유령이 그들을 내려다보며 말했다. "그들은 아버지에게서 벗어나 나에게 매달리고 있죠. 이 소년은 무지(Ignorance)입니다. 이 소녀는 결핍(Want)이지요. 둘 다 조심해야 합니다. 그들과 같은 부류 모두를 경계하되, 무엇보다 이 소년을 경계하세요. 그의 이마에 재앙(Doom)이 쓰여 있음을 보았으니, 그 글이 지워지지 않는다면 반드시 그렇게 될 것입니다. 이를 부정하세요!" 유령이 도시를 향해 손을 뻗으며 외쳤다. "재앙을 말하는 자들을 비방하라! 재앙을 분열적인 목적에 이용해 더욱 악화시켜라. 그리고 그 끝을 감당하라!"

"그들에게 피난처나 자원이 없나요?" 스크루지가 외쳤다.

"감옥은 없습니까?" 유령은 그가 마지막으로 했던 말을 되돌리며 그에게 돌아서며 말했다. "노동소는 없습니까?"

종소리가 12시를 쳤다.

스크루지는 유령을 찾으려 주위를 둘러보았지만, 유령은 보이지 않았다. 마지막 종소리가 멈추자, 그는 옛 제이콥 말리의 예언을 기억했고, 고개를 들었을 때 안개처럼 다가오는 엄숙한 유령을 보았다.

제4장
세 번째 유령의 방문

*

유령은 천천히, 엄숙하게, 조용히 다가왔다. 그 유령이 가까이 오자 스크루지는 무릎을 꿇었다. 왜냐하면 이 유령이 지나가는 공기 속에서, 어둡고 신비로운 기운을 뿜어내는 걸 느꼈기 때문이다.

유령은 깊고 검은 옷에 싸여 있었고, 그 옷은 그의 머리와 얼굴, 형태를 감추고 있었으며 한 손만이 드러나 있었다. 그것이 없었다면 유령의 형체는 어둠 속에서 구분하기 어려웠고, 밤의 그림자 속에 숨겨졌을 것이다.

유령이 옆에 다가오자, 스크루지는 유령이 키가 크고 위엄 있는 존재라는 걸 느꼈다. 그 신비로운 존재는 스크루지를 무겁고 엄숙한 두려움으로 가득 채웠다. 그는 더 이상 알지 못했다. 유령은 말하지도, 움직이지도 않았다.

"저는 '다가올 크리스마스의 유령' 앞에 있는 건가요?" 스크루지가 물었다.

유령은 대답하지 않고 손으로 앞으로 가리켰다.

"당신은 내가 아직 일어나지 않은 일들의 그림자들을 보여줄 건가요, 하지만 그것은 앞으로 일어날 일들일까요?" 스크루지가 이어서 말했다. "제 말이 맞습니까, 유령님?"

유령의 옷자락 윗부분이 주름져서 유령이 고개를 숙인 것처럼 보였다. 그것이 그가 받은 유일한 대답이었다.

이제 유령과 함께 유령의 방문을 익숙하게 받아들였지만, 스크루지는 여전히 이 침묵 속의 형체가 두려워 다리가 떨리며 거의 서 있을 수 없을 정도였다. 그는 그것을 따를 준비를 하면서도 힘겹게 일어섰다.

유령은 잠시 멈춰 서서, 스크루지가 회복할 시간을 주는 것처럼 보였다. 하지만 그것은 오히려 스크루지를 더욱 불안하게 만들었다. 그는 뒤에 숨어 있는 유령의 눈들이 자신을 뚫어지게 바라보고 있다는 것을 느끼면서, 이따금 자기의 눈을 최대한 크게 뜨려 했지만, 눈에 보이는 것은 유령의 손과 검은 그림자뿐이었다.

"다가올 미래의 유령님!" 스크루지가 외쳤다. "당신이 저를 두렵게 하는 것은, 제가 지금까지 본 어떤 유령보다 더 두렵기 때문입니다. 하지만 당신의 목적이 저에게 좋은 일을 하려는 것임을 알고 있고, 이전의 저와 다른 사람이 되기를 바란다면, 저는 기꺼이 당신의 동행을 받아들이고 감사한 마음으로 따르겠습니다. 제발, 저에게 말을 걸어주지 않으시겠습니까?"

유령은 아무 대답도 하지 않았다. 그 손은 앞으로 뻗어 있었다.

"이끌어 주세요!" 스크루지가 말했다. "이끌어 주세요!

밤은 빠르게 지나가고 있고, 저는 시간이 매우 소중하다는 것을 알고 있습니다. 이끌어 주세요, 유령님!"

유령은 자신이 오던 대로 다시 스크루지에게서 멀어졌다. 스크루지는 유령의 옷자락 그림자 속에서 그를 따라갔다. 그 그림자는 마치 그를 떠받쳐 주는 듯했고, 스크루지는 그것이 자신을 끌고 가는 듯한 느낌을 받았다.

그들이 도시에 들어서는 듯, 도시는 오히려 그들 주위로 빠르게 다가오며 그들을 감쌌다. 그러나 그들은 바로 그 중심에 있었다. '교환소'에서 상인들 사이에 있었다. 상인들은 급히 다니며 주머니 속 돈을 흔들고, 그룹으로 대화하며, 시계를 들여다보고, 큰 금 도장과 함께 생각에 잠겨 있었다. 스크루지는 그들이 종종 그렇게 행동하는 것을 자주 봤다.

유령은 한 무리의 상인들 옆에 멈췄다. 유령의 손이 그들을 가리키자, 스크루지는 그들의 대화를 들으려고 다가갔다.

"아니." 거대한 턱을 가진 뚱뚱한 남자가 말했다. "나는 그게 뭔지 잘 몰라. 그냥 그가 죽었을 뿐이야."

"언제 죽었지?" 다른 사람이 물었다.

"어젯밤이었을 거야."

"뭐지, 그 사람에게 도대체 무슨 일이 있었던 거지?" 세 번째 사람이 묻고, 아주 큰 코 담배통에서 많은 양의 코담배를 꺼내며 말했다. "난 그가 죽을 거라고는 생각도 못 했어."

"신만이 아시겠지." 첫 번째 사람이 하품하며 대답했다.

"그의 돈은 어떻게 되었지?" 붉은 얼굴의 신사는 자신의 코끝에 매달린 큰 혹을 흔들며 물었다. 그 혹은 마치 칠면조 수탉의 아가미처럼 흔들렸다.

"잘 모르겠어." 두 번째 사람이 다시 하품을 하며 말했다. "아마 그의 회사에 남겼겠지. 나한테는 안 남겼어. 그게 내가 아는 전부야."

이 농담은 모두 웃음으로 이어졌다.

"아마도 정말 저렴한 장례식이 될 거야." 첫 번째 말했던 사람이 말했다. "내가 보기엔 거기 갈 사람이 아무도 없을 것 같아. 우리가 일행을 꾸려서 자원해서 가볼까?"

"점심이라도 제공된다면 난 괜찮아." 코에 혹이 달린 신사가 말했다. "하지만 점심이 제공되지 않으면 난 안 가."

다시 웃음이 터졌다.

"그래, 나는 결국 너희들 중 가장 이타적인 사람이야." 첫 번째 말했던 사람이 말했다. "왜냐하면 나는 검은 장갑도 안 끼고, 점심도 안 먹으니까. 그래도 내가 갈 사람을 찾으면 내가 가겠다고 제안할게. 생각해 보니 내가 그 사람의 가장 특별한 친구가 아니었을까 싶기도 해. 우리는 만날 때마다 잠깐 멈춰서 인사했었으니까. 잘 가!"

말을 나눈 사람들은 각자 다른 사람들과 섞여 걸어갔다. 스크루지는 그들이 누구인지 알았고, 유령을 향해 설명을 요청했다.

유령은 한 거리를 따라 떠나갔다. 그 손가락은 두 사람이 만나는 곳을 가리켰다. 스크루지는 다시 그들의 대화에 무언가 중요한 것이 있을 것으로 생각하며 귀를 기울였다.

그가 잘 아는 사람들이었다. 그들은 모두 사업가들이었고, 매우 부유하고 중요한 사람들이었다. 스크루지는 항상 그들이 자기를 존경하게끔 노력했다. 사업적인 관점에서 말이다. 정확히 말하자면, 사업적인 관점에서만이었다.

"어떻게 지내세요?" 한 사람이 물었다.

"잘 지내요." 다른 사람이 대답했다.

"맞아요!" 첫 번째 사람이 말했다. "그 나쁜 놈이 결국엔 자기 것을 가져갔군요?"

"맞아요, 들었어요." 두 번째 사람이 대답했다. "춥지 않나요?"

"크리스마스 시즌에는 그게 적당하죠. 스케이팅은 안 좋아하시겠죠?"

"아니요. 아니요. 다른 일 생각 중이에요. 즐거운 하루 보내세요!"

그리고 그들은 더 이상 말을 하지 않았다. 그것이 그들의 만남, 대화, 그리고 작별이었다.

스크루지는 처음에 유령이 이런 사소해 보이는 대화에 중요성을 부여하는 것에 놀랐지만, 그들 대화에 숨겨진 목적이 있을 것이라고 확신하며 그것이 무엇일지 생각해 보았다. 그 대화들이 제이콥, 그의 오래된 파트너의 죽음과는 거의 관련이 없을 것으로 생각했다.

그것은 과거의 일이었고, 이 유령은 미래의 유령이었기 때문이다. 또한 자신과 바로 관련이 있는 사람에 대해서도 그것들을 적용할 수 없다고 생각했다. 그러나 그것들이 누구에게 적용되든, 자신에게 도움이 될 어떤 도덕적 교훈이 숨어 있을 것이라고 믿으며, 그는 들은 모든 말과 본 모든 것을 기억하기로 결심했다.

특히 자신이 등장하는 그림자를 잘 살펴보려 했다. 그는 자신의 미래 모습이 그가 놓친 실마리를 줄 것이며, 이 수수께끼들의 해답을 쉽게 풀 수 있을 거라 기대했다.

그는 자신을 찾기 위해 그곳을 둘러보았지만, 늘 서 있던 자리에 다른 사람이 서 있었고, 시계는 그가 그곳에 있을 시간이 되었음을 가리키고 있었지만, 사람들의 물결 속에서 자신을 찾을 수 없었다. 그러나 그는 별로 놀라지 않았다. 왜냐하면 그는 자신의 삶을 바꾸기로 결심한 상태였고, 이제 새롭게 결심한 대로 살아가고 있다는 희망을 품고 있었기 때문이다.

조용하고 어두운 곳에서 유령은 그를 따라 서 있었다. 스크루지가 자기 생각에 잠겨 있을 때, 유령의 손이 자신을 가리키고 그 손의 방향과 자신의 위치를 비추는 것을 보고, 눈에 보이지 않는 시선들이 자신을 응시하고 있음을 느꼈다. 그것은 그를 소름 끼치게 했고, 매우 추운 기분이 들게 했다.

그들은 번잡한 장면을 떠나 스크루지가 한 번도 가본 적 없는 낯선 동네로 들어갔다. 그곳은 그가 잘 알고 있었고 나쁜 평판을 가진 지역이었다. 길은 좁고 지저분했으며, 상점과 집은 불결하고, 사람들은 반쯤 벗겨져 있고, 술에 취해 있었으며, 걸음걸이는 엉성하고 추했다. 골목길과 아치형 입구는 마치 오수 구덩이처럼 더럽고 냄새를 풍기며, 그 모든 구석구석은 범죄와 쓰레기, 비참함으로 가득 차 있었다.

그 더러운 곳 한가운데에는 철, 헝겊, 병, 뼈, 기름진 찌꺼기를 사고파는 가게가 있었다. 그 가게의 바닥에는 녹슨 열쇠, 못, 체인, 경첩, 줄, 저울, 무게추, 각종 고철이 산더미처럼 쌓여 있었다. 보기 불편한 찢어진 헝겊 더미, 썩은 기름 덩어리, 썩은 뼈들이 숨겨진 채, 누군가가 보기에는 숨겨두기 힘든 비밀들이 그곳에서 자라나고 있었다.

오래된 벽돌로 만든 숯불 난로 옆에 앉아 있는 회색 머리의 노인은 칸막이를 헝겊으로 만들어 바람을 막고, 파이프를 피우며 평화로운 은퇴 생활을 즐기고 있었다.

스크루지와 유령이 이 남자 앞에 다가갔을 때, 한 여자가 큰 짐을 들고 가게로 들어왔다. 하지만 그녀가 들어가자마자 또 다른 여자가 비슷한 짐을 들고 들어왔고, 그 뒤를 또 다른 남자가 따라 들어왔다. 그는 그들이 서로를 알아보는 순간만큼이나 그들을 보고 놀란 듯했다. 잠시 모두 놀란 채 아무 말도 하지 않았고, 그제야 파이프를 피우던 노인이 그들과 함께 웃음을 터뜨렸다.

"먼저 온 사람은 청소부라고 해야 할 거야!" 첫 번째로 들어온 여자가 말했다. "세탁부는 두 번째로, 그리고 장의사의 일꾼은 세 번째라고 하지. 자, 여기 봐, 조, 우리가 이렇게 세 명이 다 여기서 만났다는 게 기적이야!"

"이보다 더 좋은 장소에서 만날 수 없었겠군." 조 할아버지가 파이프를 입에서 빼며 말했다. "거실로 들어오게. 오래 전에 당신은 이곳을 자유롭게 사용하게 되었잖나. 다른 두 사람도 낯선 사람들 아니지. 가게 문을 닫을 때까지 기다리게. 아, 문이 얼마나 삐걱거리는지! 이곳에서 이렇게 녹슨 금속은 문 경첩밖에 없을 걸세. 그리고 이곳에서 이렇게 오래된 뼈는 내 뼈뿐일 게야. 하하! 우리 모두 우리 일에 딱 맞는 사람들이야. 잘 어울리는군. 거실로 들어오게. 거실로 들어와.”

*

거실은 헝겊으로 가려진 스크린 뒤편 공간이었다. 노인은 낡은 계단 막대기로 불을 갈아 넣고, 밤이라서 기름을 손질하며 파이프 끝으로 램프를 다듬었다. 그 후 다시 파이프를 입에 물었다.

그 사이에 이미 말을 건 여자는 자기가 들고 있던 짐을 바닥에 내던지고 한쪽 다리를 무릎에 걸고 팔꿈치를 엇갈려 놓고 다른 두 사람을 대담하게 쏘아보며 자리에 앉았다.

“그럼, 뭐 어때요! 뭐가 문제라는 거죠, 딜버 부인?” 여자가 말했다. "모든 사람은 자신을 챙길 권리가 있어요. 그는 항상 그랬잖아요."

"그렇지, 정말 그렇네!" 세탁부가 말했다. "그 어떤 남자도 더 이상하게 할 수는 없죠."

"그럼 그렇게 겁먹은 듯이 멍하니 서 있지 말아요, 여자분. 누가 더 똑똑한지 알겠어요? 서로의 코트를 훑을 거로 생각해요?" 여자가 말했다.

"그럼, 그럼요!" 딜버 부인과 남자가 함께 대답했다. "그럴 리 없죠."

"그럼 됐네요!" 여자가 말했다. "그만큼이에요. 이런 것 몇 개 잃었다고 누가 더 나쁠까요? 죽은 사람은 아니겠죠."

"물론 아니죠." 딜버 부인이 웃으며 말했다.

"그가 죽은 후에도 이걸 지키고 싶었다면, 악독한 늙은 주머니 주인 같았겠죠." 여자가 계속 말했다. "그랬다면 왜 살아 있을 때 좀 더 자연스럽게 살지 않았을까요? 그렇게 살았다면 죽음에 맞닥뜨렸을 때 누군가가 돌봐줬겠죠. 대신 그 자리에 누워서 숨을 헐떡이며 죽음을 맞이하는 것보다는요.”

“그 말이 가장 진실한 말이에요.” 딜버 부인이 말했다. “그건 그에게 내려진 심판이에요.”

“심판이 좀 더 강했으면 좋겠어요.” 여자가 답했다. “그리고 그래야 했어요. 내가 다른 걸 더 가져올 수 있었다면 확실히 그랬을 거예요. 자, 그 짐 풀어봐요, 조. 그 가치가 얼마인지 알려 줘요. 똑바로 말해요. 난 첫 번째가 되는 거 두렵지 않아요. 그들이 보는 것도 두렵지 않아요. 우리가 여기서 만나기 전부터 우리는 서로 돕고 있다는 걸 알고 있었죠. 죄가 아니에요. 짐을 풀어봐요, 조.”

하지만 여자의 친구들은 그녀가 짐을 푸는 걸 허락하지 않았다. 그 대신 낡고 검은 옷을 입은 남자가 먼저 나서서 자신이 훔친 물건을 꺼냈다. 그것은 많지 않았다.

몇 개의 도장, 펜 케이스, 커프스 단추 한 쌍, 그리고 별로 가치 없는 브로치뿐이었다. 하나씩 그것들을 살펴보고 평가한 조는, 벽에 금액을 분필로 쓴 후, 추가로 올 게 없음을 확인하고 총액을 더했다.

"그게 당신 몫입니다." 조가 말했다. "그것보다 더 한 푼도 줄 생각 없어요. 안 준다고 해서 날 삶아 먹는다고 해도 말이죠. 다음 사람은 누구입니까?"

딜버 부인이 다음이었다. 시트와 수건, 조금의 옷, 두 개의 오래된 은수저, 설탕 집게 한 쌍, 그리고 몇 개의 부츠가 포함된 물건들이었다. 그녀의 계산서도 벽에 동일하게 적혔다.

"나는 항상 여성들에게 너무 많이 주는 편이에요. 그게 제 약점이고, 그래서 이렇게 망쳐버려요." 조가 말했다. "이게 당신의 계산서예요. 만약 또 한 푼이라도 달라고 했다면, 내가 너무 후했다는 걸 후회하고 절반을 깎아줄 거예요."

"그럼, 이제 내 짐을 풀어줘요, 조." 첫 번째 여자가 말했다.

조는 짐을 더 편하게 풀기 위해 무릎을 꿇고, 여러 개의 매듭을 풀며, 어두운색의 무거운 물건을 꺼냈다.

"이걸 뭐라고 부르죠?" 조가 물었다. "침대 커튼이군요!"

"아!" 여자가 웃으며 팔꿈치를 무릎에 올리고 앞쪽으로 몸을 기울이며 대답했다. "침대 커튼이죠!"

"그가 거기 누워 있을 때, 링까지 다 떼어내고 이걸 내렸다고요?" 조가 말했다.

"네, 맞아요." 여자가 대답했다. "왜 안 되죠?"

"당신은 운명적으로 부자가 될 사람이군요." 조가 말했다. "그리고 분명 그렇게 될 거예요."

"그렇다고 해도 난 손을 멈추지 않겠어요. 내가 이런 남자를 위해서 내 손을 뻗을 수 있다면요, 조. 제가 약속하죠." 여자가 차분하게 말했다. "이제 그 기름 떨어지지 않게 조심하세요."

"그의 이불인가요?" 조가 물었다.

"누구 다른 사람이겠어요?" 여자가 대답했다. "그가 이불 없이는 감기에 걸릴 일이 없을 거예요, 아마."

"그가 감염성 병으로 죽지 않았기를 바라요? 흠?" 조가 작업을 멈추고 위를 쳐다보며 물었다.

"그런 건 걱정하지 마세요." 여자가 대답했다. "그와 같이 있을 정도로 그를 좋아하지 않아요, 그런 게 있으면. 아!

그 셔츠를 눈이 아플 때까지 보라고 해도, 구멍 하나, 헤어진 곳 하나 찾을 수 없을 거예요. 그게 그가 가진 가장 좋은 옷이고, 아주 좋은 옷이죠. 만약 내가 아니었다면 그건 낭비했을 거예요."

"그걸 낭비라고 부르나요?" 조가 물었다.

"그걸 입혀서 묻으려고 했겠죠, 당연히." 여자가 웃으며 대답했다. "누군가가 어리석게도 그렇게 했는데, 내가 다시 벗겨냈어요. 면직물이 그런 용도로도 충분하지 않다면, 어디에도 쓸 수 없는 거죠. 그 몸에 딱 어울리거든요. 그 옷을 입고 있을 때보다 더 흉하게 보일 수도 없을 테니까요."

스크루지는 이 대화를 공포에 떨며 들었다. 그들이 늙은 남자의 램프가 비추는 희미한 빛 속에서 그들이 약탈한 물건들에 둘러앉아 있는 모습을 보면서, 그는 그들에 대한 혐오와 역겨움에 가득 차 있었다. 그들이 마치 저주받은 악마들처럼, 시체를 시장에 내놓는 모습이었다면, 그보다 더한 감정은 들지 않았을 것이다.

"하하!" 여자가 웃으며 말했다. "이게 끝이에요, 보세요!

그가 살아 있을 땐 모두를 멀리하게 만들어서 우리가 죽었을 때 이득을 보게 했죠! 하하하!"

"유령님!" 스크루지가 전신을 떨며 말했다. "알겠어요, 알겠어요. 이 불행한 사람의 사례가 제 경우일 수도 있겠군요. 제 삶도 이제 그렇게 흐르고 있죠. 하늘이시여, 이게 어쩐 일입니까?"

그는 공포에 질려 움찔했다. 장면이 변했고, 이제 거의 침대에 닿을 지경이었다. 그 침대는 헝겊 커튼조차 없이 벌거벗은 침대였고, 누군가 덮어놓은 것 같았지만 그 무엇이 덮여 있는 채로 있었다. 그것은 아무 소리도 내지 않았지만, 끔찍한 언어로 자신을 드러내고 있었다.

방은 너무 어두워서 스크루지는 정확하게 볼 수 없었다. 하지만 비밀스러운 충동에 따라 방을 둘러보며 어떤 방인지 알고 싶었다. 바깥 공기에서 오는 창백한 빛이 침대 위에 내리쬐었고, 그 위에는 약탈당하고 버림받고, 누군가의 돌봄 없이 방치된 이 남자의 시체가 놓여 있었다.

스크루지는 유령을 쳐다봤다. 유령의 손은 침대 머리 쪽을 가리키고 있었다. 덮개는 너무 부주의하게 덮여 있어, 스크루지가 손끝으로 살짝 움직이기만 해도 얼굴이 드러날 듯했다. 그는 그걸 생각하며, 얼마나 쉽게 할 수 있을지 알았고, 그것을 하고 싶은 마음이 간절했지만, 얼굴을 벗기고 싶어도 유령을 쫓아낼 수 있는 능력은 없다는 것을 깨달았다.

　"오, 차가운, 차갑고도 굳어버린 끔찍한 죽음이여. 네 제단을 여기 세우고 네가 가진 모든 공포로 그것을 장식하라. 이것이 바로 너의 지배 영역이니! 그러나 사랑받고 존경받으며 명예로운 이 머리에는, 네가 한 올의 머리카락조차 네 음산한 목적에 사용할 수 없으며, 한 가지 표정조차 추악하게 만들 수 없다. 손이 무겁게 늘어져 손을 놓으면 떨어지고, 심장과 맥박이 멈춰버렸기 때문이 아니다. 그 손은 한때 너그러움과 진실로 가득 차 항상 열려 있었고, 그 심장은 용기와 따스함, 그리고 부드러움으로 뛰었으며, 그 맥박은 참된 인간의 것이었기 때문이다. 베어라. 그림자여, 베어라! 그리고 그의 상처에서 선행들이 피어나 세상에 영원한 생명을 뿌리는 것을 보라!"

이 말은 스크루지의 귀에 들리지 않았지만, 침대를 바라보았을 때 그는 그것을 들은 듯한 기분이 들었다. 그는 생각했다. 만약 이 사람이 지금 일어날 수 있다면, 그의 가장 첫번째 생각은 무엇일까? 탐욕, 냉정한 거래, 집착하는 걱정들? 그것들이 그를 부유한 끝으로 이끌었군!

*

그는 어두운 빈집에 누워 있었다. 그를 두고 "그는 이래저래 내게 친절했지."라고 말해 줄 남자도, 여자도, 아이도 없었다. 단 한 마디의 따뜻한 말을 기억해 그에게 친절을 베풀겠다고 나설 사람도 없었다. 고양이 한 마리가 문을 긁고 있었고, 벽난로 아래에서는 쥐들이 갉아대는 소리가 들려왔다. 저들이 죽음의 방에 무엇을 원해서 들어오려 하는지, 왜 저리도 안절부절못하며 동요하는지, 스크루지는 감히 생각조차 하지 못했다.

"유령님!" 스크루지가 말했다. "이곳은 두려운 곳입니다. 이곳을 떠난다고 해도 제가 배운 교훈을 떠나지 않겠다는 걸 믿어주세요. 같이 갑시다!"

그럼에도 유령은 움직이지 않는 손가락으로 계속 머리 쪽을 가리켰다.

"알겠습니다." 스크루지가 대답했다. "할 수 있다면 하겠습니다. 하지만 저는 힘이 없습니다, 유령님. 저는 힘이 없어요."

다시 유령은 그를 쳐다보는 듯했다.

"이 사람의 죽음으로 감동한 이가 있다면." 스크루지가 고통스러워하며 말했다. "그 사람을 보여주세요, 유령님, 제발!"

유령은 잠시 검은 망토를 펼쳐 그의 앞에 날개처럼 펼쳤고, 그것을 거두어 들자, 그곳은 햇살이 드는 방으로 변했다. 그곳에는 어머니와 아이들이 있었다.

어머니는 누군가를 기다리고 있었고, 그 기다림은 초조함과 열망으로 가득했다. 방을 왔다 갔다 하며 모든 소리에 깜짝 놀라 창밖을 쳐다보고, 시계를 바라보고, 바늘로 일을

160

해보려 했지만 결국 실패했다. 아이들이 노는 소리도 견디기 어려웠다.

마침내 오래 기다리던 노크 소리가 들렸다. 그녀는 서둘러 문으로 달려가 남편을 맞이했다. 그의 얼굴은 젊지만, 고된 삶의 흔적이 드러나 있었고, 지금은 그 얼굴에 아주 특별한 표정이 있었다. 그것은 부끄러운 듯한 진지한 기쁨의 표정이었다.

그는 난로 옆에 준비된 저녁을 먹으면서 그녀가 그에게 희미하게 "무슨 소식이냐?"라고 물었을 때, 긴 침묵 끝에 어떻게 대답할지 난처해하는 모습을 보였다.

"좋은 거예요?" 그녀가 말하며 그의 대답을 도와주기 위해 "아니면 나쁜 거예요?"라고 물어봤다.

"나빠요." 그가 대답했다.

"완전히 망한 거예요?"

"아니, 아직 희망은 있어요, 캐롤라인. 그가 마음을 돌리면요."

그녀가 놀라며 말했다. "그럼, 희망이 있군요! 그런 기적이 일어났다면, 아무것도 불가능한 건 없어요."

"그는 마음을 돌리지 못할 거예요." 남편이 말했다. "그가 죽었어요."

그녀는 온순하고 인내심이 강한 사람처럼 보였지만, 속으로는 그 소식을 듣고 안도했으며, 그것을 감사하게 생각했다. 그녀는 손을 모아 기도했지만, 첫 번째 감정은 그 감정이었다.

"어젯밤 내가 말한 반쯤 취한 여자가 나에게 했던 말이, 그를 만나고 일주일만 더 미뤄달라고 했을 때, 그저 나를 피하려는 변명이라고 생각했는데 실제로는 전혀 그렇지 않았어요. 그는 그때 매우 아팠고, 죽어가고 있었던 거예요."

"우리의 빚은 누구에게 넘어갈까요?"

"모르겠어요. 하지만 그때까지 우리는 돈을 준비할 거예요. 설령 준비가 안 돼 있더라도, 그런 무자비한 채권자가 그의 후계자가 되는 건 정말 나쁜 운일 거예요. 오늘 밤은 마음 가볍게 잘 수 있어요, 캐롤라인!"

그렇다. 아무리 그들이 그것을 완곡하게 표현하려 해도,

그들의 마음은 한결 가벼웠다. 아이들은 그들이 거의 이해하지 못하는 이야기를 듣기 위해 조용히 모여들었고, 얼굴에는 더욱 밝은 빛이 감돌았다. 그리고 이 집은 이 남자의 죽음 덕분에 더 행복해졌다! 유령이 그에게 보여줄 수 있었던, 이 사건으로 인해 생긴 유일한 감정은 기쁨이었다.

"죽음과 관련된 어떠한 다정함이라도 보여주세요, 유령님." 스크루지가 말했다. "아니면 방금 떠난 그 어두운 방이 영원히 제게 남을 겁니다."

유령은 그를 여러 번 걸었던 거리를 지나게 했다. 스크루지는 자신을 찾으려 이리저리 살펴보았지만, 어디에도 자신을 찾을 수 없었다. 그들은 보잘것없는 밥 크래치트의 집으로 들어갔다. 그가 이전에 방문했던 곳이었다. 거기서 어머니와 아이들이 불 옆에 앉아 있었다.

조용했다. 아주 조용했다. 떠들썩한 작은 크래치트 아이들은 한쪽 구석에 조용히 앉아 책을 펼친 피터를 올려다보고 있었다. 어머니와 딸들은 바느질에 몰두하고 있었다. 하지만 정말 조용했다!

"그리고 그분은 한 아이를 데려다가 그들 가운데 세우셨다." 스크루지는 그 말을 어디서 들었던 것일까? 꿈에서 들은 말은 아니었다. 아마 소년이 그것을 읽었을 것이다. 그와 영혼이 문지방을 넘을 때 말이다. 그런데 왜 이어서 읽지 않았을까? 어머니는 하던 일을 식탁 위에 내려놓고 얼굴에 손을 가져다 댔다. "빛깔이 내 눈을 아프게 해요." 그녀가 말했다. "빛깔? 아, 가엾은 타이니 팀!" "이제 괜찮아졌어요." 크래치트의 아내가 말했다. "촛불 아래 있으면 눈이 약해지는 것 같아요. 그리고 세상에, 아버지가 집에 돌아오셨을 때 약한 눈을 보이고 싶지 않아요. 그의 귀가 시간이 된 것 같은데요." "오히려 시간을 지나친 것 같아요." 피터가 책을 덮으며 대답했다. "하지만 지난 며칠 저녁 동안은 예전보다 걷는 속도가 조금 느려진 것 같아요, 어머니." 그들은 다시 조용해졌다. 마침내 어머니가 입을 열었다. 그녀의 목소리는 단 한 번 떨릴 뿐 평정하면서도 밝았다. "그가 타이니 팀을 어깨에 태우고 아주 빠르게 걸어가던 걸 본 적이 있어요. 정말 빠르게." "저도 봤어요." 피터가 외쳤다. "자주요."

"저도요." 또 다른 사람이 소리쳤다. 모두가 그랬다. "하지만 팀은 아주 가벼웠어요." 그녀가 하던 일에 시선을 고정하며 다시 말했다. "그리고 그의 아버지는 팀을 너무 사랑했기에, 전혀 힘들지 않았어요. 힘들지 않았어요. 그리고 저기, 당신 아버지가 문 앞에 있어요!"

그녀는 서둘러 나가서 그를 맞이했다. 그리고 작은 밥은 그의 목도리를 두르고 들어왔다. 그의 차는 벽난로에 준비되어 있었고, 가족들은 누가 가장 먼저 그에게 차를 드릴지를 놓고 경쟁하고 있었다. 그때 두 어린 크래치트 아이들이 그의 무릎에 올라가, 각자 한쪽 뺨을 그의 얼굴에 대며 말하는 듯했다. "아버지, 걱정하지 마세요. 슬퍼하지 마세요!"

밥은 그들을 매우 기쁘게 맞이했고, 가족에게 다정한 말을 건넸다. 그는 테이블 위의 작업을 보고 크래치트 아내와 딸들의 부지런함과 속도를 칭찬했다. 그들은 일요일 전에 일을 다 끝낼 수 있을 거라고 말했다.

"일요일! 오늘 갔던 거죠, 로버트?" 아내가 물었다.

"맞아요, 여보." 밥이 대답했다. "당신도 갔으면 좋았을 텐데요. 그곳이 얼마나 푸르른 곳인지 보면 좋았을 거예요. 하지만 자주 갈 수 있을 거예요. 나는 팀에게 약속했으니까요. 내가 일요일마다 거기서 걸을 거라고. 내 귀여운 아들!" 밥은 갑자기 울음을 터뜨렸다. "내 귀여운 아들!"

그는 순간적으로 감정을 참을 수 없었다. 만약 그가 참을 수 있었다면, 아마 그와 그의 아이는 더 멀어져 있었을지도 모른다.

*

그는 방을 나가 위층으로 올라갔다. 그곳은 따뜻하게 불이 켜져 있었고, 크리스마스 장식이 걸려 있었다. 아이 곁에 놓인 의자에는 누군가 앉았던 흔적이 있었다. 불쌍한 밥은 그 자리에 앉아 잠시 생각을 정리한 후, 작은 얼굴에 입맞춤했다. 그는 일어난 일을 받아들였고, 다시 내려가 기분 좋게 가족에게 돌아왔다.

그들은 다시 불 옆에 모여 앉아 이야기했다. 아이들과 어머니는 여전히 일하고 있었고, 밥은 스크루지의 조카가 보여준 놀라운 친절에 관해 이야기했다. 조카는 그를 거리에서 만났는데 그가 조금 우울해 보였다고 여겨, 무슨 일이 있었는지 물어보았다고 한다.

"정말 친절한 분이라고 아빠는 그에게 말했지."

"정말 안타깝습니다, 크래치트 씨."라고 그가 말했어. "그리고 당신의 좋은 아내에게도 진심으로 안타깝습니다."

"그가 어떻게 그걸 알았는지 정말 모르겠구나."

"뭘 알았다고요, 여보?" 아내가 물었다.

"아니, 당신이 좋은 아내라는 걸 알았다고요." 밥이 대답했다.

"누구나 알죠!" 피터가 말했다.

"잘 봤구나, 내 아들!" 밥이 웃으며 말했다. 그들이 알기를 바란단다. "'진심으로 안타깝습니다.'라고 그가 말했지. '만약 도움이 될 수 있다면 언제든지 말씀하세요. 제가 살고 있는 주소예요. 꼭 오세요.'라고 말하며 명함을 건네줬어.

사실 그것은, 그가 우리에게 무엇을 해 줄 수 있어서라기보다 그의 다정한 태도 덕분이야. 정말 기분 좋았어. 마치 그가 작은 팀을 알고 우리와 함께 느낀 것 같았지."

"그는 정말 좋은 사람일 거예요!" 크래치트의 아내가 말했다.

"그를 만나서 이야기하면 더 확신할 거예요, 여보." 밥이 대답했다. "내 말 믿어봐요! 피터에게 더 좋은 자리를 주게 될지도 몰라요."

"피터, 잘 들어봐!" 크래치트의 아내가 말했다.

"그렇다면." 한 아이가 외쳤다. "피터는 누군가와 회사를 지키다가 나중에는 자기만의 일을 시작할 거예요."

"에이 놀리지 마!" 피터가 웃으며 대꾸했다.

"그럴 수도 있겠지." 밥이 말했다. "언젠가 말이야. 하지만 그건 아직 시간이 충분해, 내 아들아. 그래도 우리가 언제 어떻게 헤어지게 되든, 우리는 결코 불쌍한 작은 팀을 잊지 않을 거야."

"절대 잊지 않아요, 아버지!" 아이들이 모두 외쳤다.

"그리고 나는 알아." 밥이 말했다. "나는 안단다, 우리는 그가 비록 아주 작디작은 아이였지만 그는 인내심 있고 온화했지. 우리가 서로 다투지 않고, 그를 생각하며 결코 그를 잊지 않을 거라는 걸 확신한단다."

"네, 절대 잊지 않아요, 아버지!" 아이들이 다시 한목소리로 외쳤다.

"나는 정말 행복해요." 작은 밥이 말했다. "정말 행복해요!"

크래치트 아내는 그에게 입맞춤했고, 딸들은 그에게 입맞춤했다. 두 어린 크래치트도 그에게 입맞춤했고, 피터와 밥은 손을 맞잡았다. 작은 팀의 영혼, 그의 순수한 본질은 신으로부터 비롯되었다!

"유령님." 스크루지가 말했다. "무언가 제게 알려주고 있어요. 우리가 떠날 시간이 다가왔다는 걸 알겠어요. 하지만 어떻게 알았는지 모르겠어요. 죽은 사람은 누구였는지 말해주시겠어요?"

다가올 미래의 크리스마스 유령은 그를 이전처럼 데려갔

다. 다만 시간이 다른 것 같다고 스크루지는 생각했다. 사실, 후에 펼쳐진 비전들에는 어떤 순서도 없어 보였고, 그저 미래의 일들만 있었을 뿐이다. 그를 비즈니스맨 들의 리조트에 데려다주었지만, 그 자신은 보지 못했다.

사실, 유령은 아무것도 보여주지 않고 바로 가버렸다. 결국 유령은 스크루지가 직접 멈추기를 원하기 전까지 그가 원하는 끝까지 계속 나아갔다.

"이 법정." 스크루지가 말했다. "우리가 지금 지나고 있는 이곳은 제가 일하던 곳이에요. 꽤 오래 이곳에서 일했었죠. 저 집을 봐요. 제가 어떤 모습이 될지 보여주세요!" 유령은 멈췄고, 손가락은 다른 곳을 가리켰다.

"저 집이 보이네요." 스크루지가 말했다. "왜 다른 곳을 가리키죠?"

그의 손가락은 여전히 움직이지 않았다. 스크루지는 서둘러 사무실 창문으로 달려가 들여다보았다. 여전히 사무실 이었지만, 그의 사무실은 아니었다. 가구도 다르고, 의자에 앉은 인물도 그 자신이 아니었다. 유령은 여전히 손을 가리키고 있었다.

그는 다시 유령을 따라갔고, 왜 그가 어디로 가는지 궁금해하며 그 길을 따라갔다. 그들이 철제문에 다다랐을 때 멈춰서 주위를 둘러봤다. 교회 마당이었다. 이제야 그는 묻혀 있는 불쌍한 사람의 이름을 알게 될 것이었다. 그곳은 적합한 장소였다. 집들로 둘러싸여 있었고, 풀과 잡초가 자라있었다. 식물들이 자란 것이 아니라 죽음을 증명하는 식물들이었고, 너무 많은 묘지가 쌓여 숨을 막힐 정도로 비좁았다. 기름진 곳이었다!

유령은 무덤들 사이에 서서 그중 하나를 가리켰다. 그는 떨며 그 무덤으로 다가갔다. 유령은 여전히 그 모습 그대로였지만, 그는 그 존재에서 새로운 의미를 느끼는 듯했다.

"저 돌에 가까이 가기 전에." 스크루지가 말했다. "한 가지 질문에 대답해 주세요. 이것들이 미래의 일들이 될 그림자들인가요, 아니면 단지 가능성일 뿐인가요?" 여전히 유령은 무덤을 가리키고 있었다.

"사람들의 길은 결국 특정한 결말을 예고한다고 했죠. 만약 그 길을 계속 간다면 그 결말로 갈 수밖에 없겠지만, 그 길을 벗어나면 결말은 달라질 겁니다. 당신이 보여주는 것이 그런 것이라면 그렇게 말해 주세요!" 유령은 여전히 움직이지 않았다.

스크루지는 떨리는 발걸음으로 유령에게 다가갔다. 손가락을 따라가며 그는 잊힌 무덤의 돌에서 자신의 이름을 읽었다.

"에벤에저 스크루지." "제가 그 사람인가요? 침대에 누워 있었던 그 사람인가요?" 그는 무릎을 꿇고 외쳤다. 손가락은 무덤에서 그를 가리키고, 다시 무덤으로 돌아갔다. "안 돼요, 유령님! 안 돼요, 안 돼요!" 손가락은 여전히 그 자리에 있었다.

"유령님!" 그는 울부짖으며 유령의 옷자락을 꽉 잡고 말했다. "들어주세요! 저는 더 이상 예전의 제가 아니에요. 제가 이런 교훈을 받지 않았다면, 저는 여전히 이전의 사람이었겠지만, 제게 더 이상 희망이 없다면 왜 이런 것을 보여주시나요!"

그때 처음으로 유령의 손이 떨리기 시작했다.

"좋은 유령님." 그는 땅에 엎드리며 간청했다. "당신의 심성이 저를 대신하여 기도하고, 저를 불쌍히 여겨 주세요. 제가 이 그림자들을 바꾸게 해 주세요, 제 삶을 바꿔주세요!"

유령의 손이 떨리며 흔들렸다.

"저는 크리스마스를 제 마음에 새기고, 일년내내 그것을 지키려고 노력할 거예요. 저는 과거, 현재, 미래 속에서 살 거예요. 그 세 가지 유령이 내 안에서 함께할 거예요. 그들이 가르치는 교훈을 외면하지 않겠습니다. 오, 제발, 이 돌에 새겨진 글씨를 지울 수 있다고 말해 주세요!"

그는 고통 속에서 유령의 손을 붙잡았다. 유령은 그것을 뿌리치려 했지만, 스크루지는 강하게 간청하며 손을 놓지 않았다. 유령은 더 강한 힘으로 그를 물리쳤다.

그는 마지막 기도로 자신의 운명을 바꾸기를 기도하며, 유령의 후드와 의상에서 변화가 일어나는 것을 보았다. 그것은 쪼그라들어 축소되어 침대 기둥으로 변했다.

제5장
이야기의 끝

*

그렇다! 침대 기둥은 그의 것이었다. 침대도 그의 것이었고, 방도 그의 것이었다. 가장 멋지고 행복한 것은 그 앞에 펼쳐진 시간이 그의 것이라는 점이었다. 그 시간으로 그는 모든 것을 되돌릴 수 있었다!

"나는 과거와 현재, 그리고 미래 속에서 살겠다!" 스크루지는 침대에서 허둥지둥 일어나며 외쳤다. "세 유령 모두 내

안에서 함께 노력하게 될 것이다. 오, 제이콥 말리! 천국과 크리스마스에 감사하길! 이 모든 것을 무릎 꿇고 감사드리네, 오랜 친구 제이콥!"

그는 기쁨과 선한 의도로 가득 차서 목소리가 제대로 나오지 않았다. 유령과의 갈등으로 그는 심하게 흐느껴 울었고, 얼굴은 눈물로 흠뻑 젖어 있었다.

"커튼이 찢기지 않았어!" 스크루지는 침대 커튼 하나를 팔에 감싸며 외쳤다. "찢기지 않았어! 고리까지 그대로 있어. 나도 여기에 있고 일어날 뻔했던 일들의 그림자는 사라질 수 있어. 그럴 거야. 나는 알아!"

그는 옷을 뒤집어 입고, 거꾸로 입고, 찢고, 잃어버리며 혼란스럽게 옷을 만지작거렸다. 그는 온갖 엉망진창을 만들어 내며 마치 아이처럼 행동했다.

"어떻게 해야 할지 모르겠어!" 스크루지는 웃고 울면서 동시에 외쳤다. 그는 양말을 들고 자신을 온몸으로 얽매며 완전히 꼬았다. "나는 깃털처럼 가볍고, 천사처럼 행복하며, 학교 소년처럼 즐겁구나. 취한 사람처럼 아찔하다. 모두에

게 메리 크리스마스! 온 세상에 행복한 새해를! 이야호! 야
호! 야호!"

그는 응접실로 뛰어 들어가 서 있었고, 숨이 가쁘게 차올
랐다.

"저기, 죽이 있었던 냄비야!" 스크루지는 벽난로 주위를
돌며 외쳤다. "그리고 저 문! 제이콥 말리의 유령이 들어왔
던 문이야! 저 구석에는 크리스마스 현재의 유령이 앉았었
지! 그리고 저 창문! 떠돌던 영혼들을 봤던 창문이야! 모든
게 맞아. 모두 진짜였어. 모두 일어났던 일이야. 하하하!"

정말로, 오랫동안 웃음을 잊고 살았던 사람치고는 굉장
한 웃음이었다. 영광스러운 웃음, 찬란한 웃음이었다. 오래
오래 이어질 웃음의 아버지 같은 웃음이었다!

"오늘이 몇 월 며칠인지도 몰라!" 스크루지가 말했다.
"얼마나 오랫동안 유령들과 있었는지도 몰라. 아무것도 몰
라. 완전히 아기야. 그래도 괜찮아. 난 아기가 되고 싶어. 이
야호! 야호! 야호!"

그의 흥분을 가로막은 것은 교회 종소리였다. 그가 평생

들어본 것 중 가장 활기찬 종소리였다. 쨍그랑, 땡그랑, 땡 땡땡! 땡, 땡, 쨍그랑, 쨍! 오, 영광스러운 소리, 영광스러운 소리여!

창문으로 달려간 그는 창문을 열고 머리를 내밀었다. 안 개도 없고, 흐릿한 기운도 없었다. 맑고, 밝고, 활기차며, 상 쾌한 추위가 피를 춤추게 했다. 황금빛 햇살, 천상의 하늘, 상쾌하고 달콤한 공기, 그리고 즐거운 종소리. 오, 얼마나 찬란한가!

"오늘이 무슨 날이지?" 스크루지는 길에 서 있던 한 소년 을 향해 소리쳤다.

"네?" 소년은 놀라 소리를 질렀다.

"오늘이 무슨 날이냐고, 멋진 녀석아!"

"오늘이요?" 소년은 대답했다. "크리스마스 날이잖아 요!"

"크리스마스 날이라니!" 스크루지는 중얼거렸다. "안 잃 었어. 유령들이 단 하룻밤 만에 모든 걸 해냈어. 그들은 뭐 든 할 수 있어. 물론이지. 물론이야. 안녕, 내 멋진 친구야!"

"안녕하세요!" 소년이 대답했다.

"골목 끝 푸줏간 아니?" 스크루지가 물었다.

"알죠!" 소년이 말했다.

"영리한 소년이군! 정말 훌륭해! 거기 큰 칠면조 아직 안 팔렸는지 아니? 작은 게 아니라, 엄청 큰 거 말이야!"

"저만한 칠면조요?" 소년이 물었다.

"정말 멋진 소년이야! 얘기하는 게 즐겁구나. 맞아, 그 녀석 말이야!"

"아직 걸려 있어요."

"그래? 스크루지가 말했다. 가서 사 오렴."

"싫어요!" 소년이 소리쳤다.

"밥 크래치트에게 보낼 거야!" 스크루지는 속삭이며 손을 비비고 크게 웃었다. "그는 절대 누가 보낸 건지 모를 거야. 팀보다 두 배는 큰 녀석인데!"

조 밀러조차도 그렇게 웃긴 농담을 하지 못했을 것이다. "밥 크래치트에게 보내다니, 정말 최고의 농담이야!"

스크루지는 손이 떨려 제대로 글씨를 쓸 수 없는 상태였지만, 어쨌든 주소를 적어냈다. 그리고 아래층으로 내려가 거리의 문을 열고, 가금류 상점의 배달원이 도착하기를 기다렸다. 문 앞에 서 있던 그의 시선이 문 두드리는 손잡이에 머물렀다.

"이 손잡이를 정말 평생토록 사랑하겠어!" 스크루지는 문 손잡이를 손으로 가볍게 두드리며 외쳤다. "전에 한 번도 제대로 쳐다본 적이 없었네. 이 얼마나 솔직한 표정을 가진 손잡이인가! 정말 멋진 손잡이야! 오, 저기 칠면조가 왔군! 안녕! 어이쿠! 잘 지냈소? 메리 크리스마스!"

그리고 나타난 것은 정말 칠면조였다! 그 크고 묵직한 새는 도저히 자기 다리로 설 수 없었을 것이다. 만약 시도했더라도, 아마 다리는 밀랍 막대기처럼 금세 부러졌을 것이다.

"저 큰 칠면조를 캠든 타운까지 직접 들고 갈 수는 없지 않소." 스크루지가 웃으며 말했다. "마차를 불러야겠군." 칠면조 값을 치르며 웃는 그의 모습, 마찻값을 지불하며 웃는 모습, 소년에게 사례금을 주며 웃는 모습은, 결국 의자에 털썩 앉아 숨을 고르며 웃다가 눈물까지 흘리는 그의 웃음에

비하면 아무것도 아니었다.

면도는 쉬운 일이 아니었다. 그의 손은 여전히 심하게 떨리고 있었고, 면도라는 것은 춤을 추며 할 수 있는 일이 아니었기 때문이다. 그러나 그가 만약 코끝을 베어버렸다고 해도, 반창고를 붙이고 만족했을 것이다.

스크루지는 그가 입을 수 있는 최고의 좋은 옷을 차려입고 마침내 거리로 나섰다. 거리에는 이미 크리스마스 현재의 유령과 함께했던 기억처럼 사람들이 쏟아져 나오고 있었다. 그는 두 손을 뒤로 깍지 낀 채로 길을 거닐며 모든 사람에게 기쁨이 가득한 미소를 보냈다.

그의 표정은 너무도 밝아, 몇몇 기분 좋은 사람들은 "좋은 아침입니다, 선생님! 메리 크리스마스!"라고 인사를 건넸다. 그리고 스크루지는 이후에도 여러 번 인사하곤 했다. 그가 평생 들었던 모든 기쁜 소리 중에서 그 인사가 가장 축복처럼 들렸다.

그는 얼마 지나지 않아 전날 자신의 사무실에 들렀던 통통한 신사를 마주쳤다. 그 신사는 "스크루지와 말리의 사무실

맞습니까?"라고 물었던 바로 그 사람이었다. 이 신사가 자신을 어떻게 볼지 생각하니 가슴이 먹먹해졌지만, 그는 앞으로 나아가야 할 길을 알고 있었고, 곧장 그 길로 나아갔다.

"오, 친애하는 선생님!" 스크루지는 걸음을 재촉하며 신사의 두 손을 꼭 잡았다. "어떻게 지내십니까? 어제 목표를 이루셨길 바랍니다. 정말 친절한 분이십니다. 메리 크리스마스!"

"스크루지 씨?"

"네, 제가 바로 그 스크루지입니다." 스크루지가 말했다. "그리고 제 이름이 당신께 불쾌할 수 있음을 압니다. 하지만 제가 사과드리겠습니다. 그리고…" 스크루지는 그의 귀에 대고 무언가를 속삭였다.

"세상에, 이게 웬일인가!" 신사는 숨을 내쉴 새도 없이 외쳤다. "정말입니까, 스크루지 씨?"

"그렇습니다." 스크루지가 말했다. "한 푼도 적게 드릴 생각 없습니다. 밀린 모든 금액이 포함되어 있다는 것을 믿으셔도 좋습니다. 제 부탁을 들어주시겠습니까?"

"친애하는 선생님." 신사는 스크루지의 손을 흔들며 말했다. "무슨 말을 해야 할지 모르겠습니다."

"아무 말을 하지 않으셔도 됩니다." 스크루지가 손을 흔들며 말을 막았다. "제게 방문해 주시겠습니까? 저를 찾아 주시겠습니까?"

"그러죠!" 신사는 외쳤다. 그가 진심이라는 건 분명했다.

"감사합니다!" 스크루지가 말했다. "정말 감사합니다. 50번이라도 감사드립니다. 당신에게 축복을!"

스크루지는 교회에 가고, 거리를 걷고, 사람들의 분주한 움직임을 구경하며 아이들의 머리를 쓰다듬었다. 구걸하는 이들에게 말을 걸고, 집의 부엌을 들여다보고, 창문 위를 올려다보며 모든 것에서 즐거움을 발견했다. 그는 산책이 이렇게 큰 행복을 줄 것이라고는 꿈에도 생각지 못했다.

오후가 되자 그는 조카 프레드의 집으로 향했다. 그는 문 앞을 열두 번이나 지나쳤다. 용기를 내어 두드리기까지 그만큼 시간이 걸렸다. 그러나 결국 그는 문을 두드렸다.

"주인님 계시니, 아가씨?" 스크루지가 소녀에게 물었다. 좋은 아이였다. 정말로.

"네, 계세요."

"그분은 어디 계시니, 아가씨?"

"식당에 계세요, 마님과 함께요. 들어오시겠어요?"

"고맙다. 나를 아실 거란다." 스크루지는 벌써 손을 식당 문의 손잡이에 얹으며 말했다. "내가 직접 갈까?"

그는 살짝 문을 열고 얼굴을 들이밀었다. 그들 모두가 식탁을 바라보고 있었다. 젊은 부부들은 항상 이런 일에 신경이 곤두서 있기에 모든 것이 제대로 되었는지 확인하고 있었다.

"프레드!" 스크루지가 외쳤다.

"어머나, 세상에!" 프레드의 부인은 깜짝 놀라며 자리에서 튀어 올랐다. 스크루지는 그녀가 발판 옆에 앉아 있다는 것을 잠시 잊고 있었다. 그렇지 않았다면 그녀를 놀라게 하는 일은 절대 하지 않았을 것이다.

"오 이런 맙소사!" 프레드는 깜짝 놀라며 말했다. "이게 누구세요?"

"나야. 너의 삼촌 스크루지다. 저녁을 먹으러 왔다. 나를 들여보내 주겠니, 프레드?"

들여보내 주다니! 그의 팔이 떨어질 만큼 프레드는 스크루지를 흔들었다. 그는 단 5분 만에 그곳을 집처럼 느끼게 되었다. 이보다 더 따뜻할 수는 없었다. 그의 조카며느리는 변함없었고, 다른 손님들도 다정하기는 마찬가지였다.

놀라운 파티, 놀라운 게임, 놀라운 화합, 그리고 놀라운 행복!

다음 날 아침, 스크루지는 누구보다 일찍 사무실에 도착했다. 이유는 단 하나였다. 밥 크래치트가 지각하는 장면을 잡아

내는 것. 스크루지는 이 순간을 위해 마음을 다잡고 있었다.

그는 해냈다! 시계는 아홉 시를 울렸지만, 밥은 보이지 않았다. 9시 15분. 여전히 밥은 오지 않았다. 그리고 마침내 18분 반이나 지나 밥이 헐레벌떡 들어왔다.

"이봐!" 스크루지가 평소처럼 심술궂은 목소리를 내며 말했다. "지금 몇 시인지 아나?"

"죄송합니다, 사장님." 밥이 말했다. "늦었습니다."

"늦었다고? 맞네. 들어오게."

밥은 "1년에 한 번 있는 일입니다, 사장님"이라고 변명했지만, 스크루지는 웃으며 말했다.

"밥, 월급을 올려주겠네! 그리고 내가 작은 팀을 잘 돌봐줄 테니 이제 염려 말게나. 자, 우리 포도주 한잔 합시다. 메리 크리스마스!"

그날 이후 스크루지는 모든 약속을 지켰고, 누구보다도 더 나은 사람이 되었다. 그리고 타이니 팀은 죽지 않았다! 신의 축복이 모두에게 있기를!

번역가 Daniel Choi는,

University of Ghana
College of Humanities
B.A degree in Sociology and Religious Studies

Chongshin Theological Seminary
Being enrolled in MDiv. (2020-Present)

Save the Children
Golden Time Saver Online Relief Worker
(2019-Present)

가나국립대학교 사회학과 학부 졸업
총신대학교 신학대학원 3학년 재학
세이브더칠드런 골든타임세이버 (온라인 구호활동가) 활동 중

소설을 읽은 사람이 마치 소설 속으로 들어가서
그 물건들을 직접 보고 만지는 듯,
물체의 색감과 질감을 명료하게 풀어냈다.
직선적이나 담백한 문장에,
잔잔한 호수와도 같다가 흰색 구름이 일렁이듯
풍요로운 감성의 번역이 사뭇 다른 아름다움을 선사한다.

초판 1쇄 발행일 : 2024년 12월 31일

원 작 자 : 찰스 디킨스 (Charles Dickens)
번   역 : Daniel Choi
펴 낸 이 : 홍수진

펴 낸 곳 : 찜커뮤니케이션
　　　　　등록번호 제 2015-000041호
　　　　　등록일자 2015. 03. 03
　　　　　주소 서울특별시 동대문구 장한로 18길31 201동 806호
　　　　　전화 070-4196-1588
　　　　　팩스 0505-566-1588
　　　　　이메일 zzimmission@naver.com
　　　　　포스트 찜커뮤니케이션출판
　　　　　인스타그램 @book7book
　　　　　트위터 @zzim_hong

표지 / 본문 일러스트 : B & S Design
본문 편집 : 백미숙
본문 정리 : 홍기자

값 : 14,000원
ISBN 979-11-87622-25-3